Schönsaufen

Meine Pannen mit Mannen

Ein grosser Dank geht an dieser Stelle an meine Eltern. Dafür, dass sie sich irgendwann 1985 getraut haben, im richtigen Moment Sex zu haben. Dafür, dass sie bedingungslos lieben. Dafür, dass sie mich die letzten Jahre im Glauben liessen, sie hätten keine Ahnung, welcher Herkunft der Fleck auf meinem Bettsofa ist...

Allfällige Grammatik- o.ä. Fehler bitte ich grosszügigst zu übersehen. Sie sind nie pasiert...

Ste

Schönsaufen
meine Pannen mit Mannen

www.schoensaufen.com

Bibliografische Information der Deutschen Nationalbibliothek:
Die Deutsche Nationalbibliothek verzeichnet diese Publikation
in der Deutschen Nationalbibliografie; detaillierte bibliografische Daten sind im Internet über http://dnb.dnb.de abrufbar.

© 2015 Ste

Karikatur Buchrücken: www.kornel.ch
Foto Hintergrund "Gedankengeschichten": Ste

Herstellung und Verlag:
BoD – Books on Demand, Norderstedt

ISBN: 978-3-7392-2398-8

Inhaltsverzeichnis

Ichgeschichten	1
Plangeschichten	13
Dategeschichten	24
Bettgeschichten	44
Pannengeschichten	80
Erkenntnisgeschichten	112
Abschiedsgeschichten	120

WARNUNG
Dieses Buch enthält einige explizite Ausdrücke, die nicht für die Augen und/oder Ohren von Minderjährigen geeignet sind.

Wenn du jetzt also ein kleines Mäuschen oder ein kleiner Mäuserich bist, der in diesem Büchlein Elefantenwitze oder lustige Geschichten erwartet, dann hast du zwar recht; solltest aber das Ding wieder deiner Mama oder deinem Papa ins Nachttischschublädchen zu den komischen, einzeln eingepackten Kaugummis und batteriebetriebenen Leuchtschwertern zurücklegen.

Ichgeschichten

Who looks at me gets blind
Who listens to me gets deaf
Who touches me will be burned
Who loves me, saves me

☙

Wer mich ansieht, wird blind
Wer mir zuhört, taub
Wer mich berührt, verbrannt
Wer mich liebt, rettet mich

☙

Wär mi aluegt, wird blind
wär mir zuelost, toub,
wär mi alängt, verbrönnt
wär mi liebt, dä rettet mi

Könnte mir vielleicht endlich jemand erklären, wie so grosse Gefühle in ein so kleines Herz passen? Oder wieso Herzen brechen, aber nicht eingegipst werden können? Oder vielleicht, wieso die Eifersucht eine Sucht sein soll, die nicht therapierbar ist?

Ich gebe gleich vorweg zu: ich hasse es, Single zu sein. Na ja, nicht immer. Meistens. Vor allem an Weihnachten, Geburtstagen, Silvester, Neujahr, Nationalfeiertagen, Ostern, Auffahrt, Pfingsten, Sams- und Sonntagen sowie unter der Woche. Eben nur manchmal.
Ich mag es nicht, alle Einkäufe immer alleine durch die langen Gänge zum Lift schleppen zu müssen. Ich finde es mühsam, immer nur für eine Person zu kochen – was, unter uns gesagt, manchmal dazu führt, dass ich für zwei koche und dann alles allein esse – aber lassen wir das. Ich will nicht jeden Frühling allen Knutschis beim Beatmen zuschauen müssen und dann als eifersüchtige frigide Jungfer dastehen. Jedes Mal, wenn ein neuer Film in die Kinos kommt, gehe ich wütend an die Decke, weil ich immer noch unisono bin und den Streifen nicht händchenhaltend und knutschend in der letzten Reihe „gucken" kann. Überhaupt hasse ich es, darüber nachdenken zu müssen, dass ich alleine bin und warum das wohl so ist. Aber ich kann es wohl nicht umgehen: ich muss mich mal ernsthaft mit mir unterhalten um herauszufinden, warum seit viel zu langer Zeit nur eine Zahnbürste in meinem Bad steht.

Ich bin jetzt also schon länger nicht mehr in einer Partnerschaft und gehe regelmässig durch die bekannten Phasen des Singledaseins: die Euphorie-, die allzu häufiges Ausgehen-und-ausgelassenes-Tanzen-, schliesslich die Betrübte-Badewannen-Ekzesse- bis zu der ans-Bett-gefesselten-Sonntage-Phase.

Spätestens, wenn ich wieder einkaufen gehen muss, fängt die Reise von vorne an.

Um mich abzulenken habe ich mich mal mit einer Bekannten als „Tussi" verkleidet. Wir wollten ihren Freund in einer Dorfbeiz[1] überraschen und haben uns richtig aufgepimpt. Mit roten Fingernägeln, geschminkten Lippen und geglätteten Haaren, da wir normalerweise beide Lockenköpfchen sind. Unser Plan wurde zum Spiessrutenlauf; wir waren dort nämlich die einzigen Frauen, die sich einigermassen aufgestylt hatten. Die Einzigen! Das zog natürlich einige schräge Blicke auf uns und brachte noch schrägere Sprüche mit sich. Bereits beim Eintreten kullerten uns einige Augen entgegen. Hunde fingen an zu bellen, Katzen fauchten unter dem Flipperautomaten hervor, leises Flüstern schwappte zu uns herüber. Als schliesslich auch noch ein Strohball an uns vorbeirollte und der Wind anfing zu pfeifen, spürte ich die erste Kugel im Rücken: „Frauen wie ihr sind bei uns nicht willkommen." Frauen wie wir?
Der Freund meiner Bekannten hat uns im Nachhinein striktes Tussiauftauch-Verbot erteilt.
Macht nichts, ist eh kostengünstiger...

---

1   *Kneipe*

In meinem jungen Leben hatte ich schon eine - vielleicht auch mehr - Beziehungen. Die meisten davon leider so kurz, dass ich selten einen Feiertag zu zweit feiern konnte. Meine letzte Beziehung war für mich so ernst, dass ich vor dem geistigen Auge schon den Abspann gesehen und die Hochzeitsglocken läuten gehört habe. Leider hatte ich beim Zieleinlauf etwas vergessen: meinen Freund. Der war plötzlich gar nicht mehr begeistert von mir und machte sich aus dem Staub. Aber dazu später.
Meine Familie liegt mir schon seit längerem in den Ohren (und das ist ziemlich schmerzhaft) dass ich „auch nicht mehr jünger werde". Auch nicht mehr? Habe ich etwas verpasst? Vielleicht meinen sie, dass sie selber nicht (mehr) jünger würden und deshalb auch daran interessiert sind, dass der Familienbestand… äh…Bestand hat.
Zu denken gibt mir beispielsweise, wenn eine – mir vollkommen unbekannte – ältere Dame, mir nach meiner guten Tat, die im Wesentlichen aus Heimtragen der Einkäufe bestand, nahelegt, mir bald einen Mann zu suchen. „Irgendwann bist du zu alt und keiner will dich mehr." Auch wieder ein „mehr". Ein „mehr" mehr oder weniger macht auch keinen Unterschied…mehr.
Jaja, diese Dame meint es ja nur gut mit mir – wie meine Familie übrigens auch.
Anmerkung der Redaktion: der Satz „du wirst auch nicht mehr jünger", bedeutet im Übrigen: im Alter wird es schwieriger, einen Partner zu finden; die Meisten sind vergeben, verlobt, verheiratet, verschieden…äh…geschieden oder homosexuell. Wieder oder immer noch.

Zurück ins Jetzt. Oder ins Vorher.
Kein doofer Spruch ist mir zu blöd, kein Niveau zu tief, Gürtellinie nur Ansichtssache. Theoretisch und auf Entfernung.
Selbstverständlich besitze ich auch Anstand und Erziehung, kann ganz normal smalltalken. Aber ein Flirt wird erst dann einer,

wenn der Augenkontakt stimmt und das Wetter keinen mehr interessiert.

Ich bin toll im Flirten. Aber nur so lange, wie sich keiner für mich interessiert. Damit kann ich nämlich absolut und überhaupt nicht umgehen. Im Gespräch mit einem Typen, der mir gefällt, verfalle ich regelmässig in längst vergessene Stammessprachen und stammle (gleiche Wortfamilie, ihr seht) wohl in Altgriechisch oder -latein vor mich hin. Könnte auch Chinesisch sein. Es kann vorkommen, dass ich mich mal länger mit einem heissen Geschoss unterhalten kann, aber zu dieser Zeit hat meine Hirntätigkeit längstens das Land verlassen.

Erste Gesprächs- und Flirtversuche übe ich gerne mit mir selber und meiner Fantasie. Diese gibt zwar keine Antwort, die ich nicht schon erwartet hätte, aber in meiner Gedankenwelt mögen mich ja auch alle mit meinen komischen Macken und deplatzierten Sprüchen. Warum tue ich mich so schwer im Hier und Jetzt mit einem normalen Menschen – der mir halt zufällig gefällt – eine ganz normale Konversation zu führen, ohne zwanzig Tode zu sterben? Nun ja, wenn ich vorher flüchte sind es manchmal auch nur fünf.

Eigentlich hatte ich immer vor, Astronautin zu werden - da würde ich mit meinem Traumtypen in den Weltall fliegen und er hätte keinerlei Fluchtmöglichkeit!. Oder wenn mir da schwindlig würde, Model. Die kriegen ja anscheinend immer gute Typen ab. Die Höhe hätte ich, jetzt müsste ich noch die Breite etwas anpassen. Nun ja, dann wäre die letzte Möglichkeit, Schauspielerin zu werden, die in allen grossen Liebesromanzen mitspielt und viele tolle Hechte küssen und poppen (jaja, nennen wir die Dinge beim Namen…) zu dürfen. Dann würde ich mir den superigsten am Set schnappen und ihn mit Kindern zuschütten, dass er mich aus Angst vor den horrenden Alimenten nie verlassen wird… aber dann könnte ich auch gleich Rockstar werden. So müsste

ich mich nämlich nicht mit Einzelnen befassen, sondern könnte grössere Diskussionsrunden starten (du verstehst...).
Hier ist auch gleich der richtige Platz um mit einem Vorurteil aufzuräumen: Wir Frauen sind nicht prüde und auch nicht weniger fantasievoll als Männer, wenn's um Sexsachen geht. Wir müssen uns nur nicht so auf die primären Geschlechtsteile des anderen (wem's beliebt auch desselben) Geschlechts konzentrieren um erregt zu werden. *Anmerkung der Redaktion: sollte hier irgendwelchen Leuten mit Verallgemeinerungen auf die Füsse getreten werden...worden sein...geworden haben....egal...Sorry!*

Also früher konnte ich nicht mal das männliche Geschlechtsorgan in den Mund nehmen. Also, den Begriff ... ach, ihr wisst, was ich meine. Ich war verdammt schüchtern und hatte auf Männerkontakt nur eine Reaktion in Petto: weg hier! Mit dem Alter ging die Schüchternheit und die Sicherheit kam. Theoretisch jedenfalls. Wie können denn so verschiedene Worte, respektive deren Bedeutungen, dieselbe Endung haben?
Ja, auch ich habe eine Weile gebraucht, um den Dingen ihre gegebenen Nomen zuzuordnen. Aber seit dem „Penis-Test" ist das kein Problem mehr.

Bitte? „Penis-Test"? Was das sein soll?

Jemand, der extrem Panik vor dem Wort „Penis", „Glockengeläut", „Schnäbi"² und so weiter hat, muss an einem, von vielen Menschen bevölkertem Ort, seine Angst überwinden und laut „Penis" sagen. Das kann in ein Gespräch eingebunden werden: „Du, mein Freund, der hat einen Riesen-Penis!". „Penis, Penisse, Penisser!" oder ähnlich. Die Kunst ist natürlich, so zu tun, wie wenn es das Normalste der Welt wäre. Selbstverständlich sind mehrere Anläufe möglich. Auch hier hilft variables Vokabular; Lustmuskete, Oreganospender, Wohlfahrt, und so weiter.

....
2   *keine Übersetzung mehr notwendig, oder?*

Mein „Test" kam spontan und unvorbereitet. Freundinnen liefen ein paar Meter vor mir die Strasse entlang und amüsierten sich köstlich darüber, wie rot ich doch werden würde, wenn man nur schon die Andeutung an das männliche Geschlechtsteil machte. Ich sonderte mich etwas ab und schmollte vor mich hin. Plötzlich blieben die beiden Hühner stehen, sagten zu einem Mann, der dort gerade an seinem Auto hantierte, dass ich eben das Wort „Schnäbi" nicht sagen könne, und liefen, husch, davon. Ich aber musste an diesem Mann vorbei. Seine Tätigkeit hatte er vorübergehend eingestellt und musterte mich skeptisch. In welche Richtung gingen wohl seine Gedanken?

Ich sammelte allen Mut vom Boden auf, ging auf ihn zu, rief „Schnäääääääääbi!" und rannte davon.

Es hat gewirkt. Ich habe absolut kein Problem mehr damit, offen über das Thema Sex und seine Dazugehörigkeiten zu reden. Also natürlich nur, wenn kein mir gefallender Schnäbi-Träger dabei ist... Aber es gibt weitere Leute, die den Penis-Test noch vor sich haben und mir meine zu lockere Klappe übel nehmen.

Deshalb ein Aufruf an alle! Macht den Test – für Männer sind natürlich Alternativen erlaubt – und lacht dabei. Sex sollte keine ernste Sache sein.

Bis jetzt haben meine Fantasie-Liebesromanzen-Pläne noch nicht funktioniert – woran hapert's? Da muss ich abends allein im Bett drüber nachdenken. Deshalb liege ich nachts vor dem Einschlafen wach – wer nicht – und stelle mir den Mann vor, den ich mir aktuell am meisten eingeprägt habe. Sei es, weil gerade ein guter Film mit ihm zu sehen war, ich jemanden neu kennen gelernt habe, den Typen einfach schon länger toll finde und per Zufall wieder an ihn denke, oder weil er einfach in meiner Fantasie auftaucht. Je nachdem, wie meine Gemütslage ist, versinke ich sogar in Gedankenspiele; ich sehe vor mir, wie er nach Hause kommt, voller Freude darauf, mich zu sehen und mir von seinem Tag zu erzählen. Wir kuscheln uns in die Couch. Ich stelle mir vor, wie mein Kopf genau in seine Armbeuge passt und lächle, weil wir uns so gut ergänzen. Dann Schnitt: In der nächsten Tagtraumszene spielen wir aus unserem Lieblingsfilm eine Kussszene nach. Im Original dauert die höchstens eine halbe Minute, denn der Werbeblock muss ja noch eingequetscht werden. In meinem Tagtraum allerdings, dauert die Szene auch mal bis zu einer halben Stunde. Selbstverständlich erzähle ich nichts Neues, wenn ich mit meinem Traum-Mann auch Sex haben werde. So lange und so oft, wie ich will – er merkt ja nichts davon. Wenn ich irgendwo nicht mehr weiter weiss oder hängen geblieben bin, fange ich wieder von vorne an. In letzter Zeit habe ich sogar wegen Einschlafschwierigkeiten die Stories verlängert: jetzt überlege ich mir, wie ich die Typen überhaupt kennen lerne. Da es nicht immer um Männer im Rampenlicht geht, sondern auch einen Mann aus der Nachbarschaft, der es mir angetan hat, treffen kann, sind diese Szenarien manchmal gar nicht so aus der Luft gegriffen. Allerdings müsste ich doch für die meisten nach L.A., Miami, Berlin oder Wien reisen…

Diese Tag- oder besser Nachtträumereien sind aber nicht meine einzigen Hobbies. Manchmal denke ich, ich habe so viel zu tun, dass ich gar nicht weiss, wann ich eigentlich arbeiten gehen soll. Ich lese gerne, schaue gerne TV und DVD's, interessiere mich für Sport (im TV!), mache und höre Musik, schreibe Gedichte die ich dann wieder wegwerfe weil ich nicht allzu sentimental sein will, treffe mich mit Freunden, sorge mich um meine Gesundheit oder tausche mich mit meiner Familie aus. Hätte da ein Typ überhaupt Platz? Ja klar! Wer soll denn die Sender einstellen wenn der Strom wieder ausgefallen ist? Wer soll mir die Regeln von Curling (heisst es eigentlich das Curling oder dem Curling?), die ich bis heute noch nicht verstanden habe, erklären, wenn die Schweiz wieder in einem Final steht? Wer soll meine Texte kritisch auf Widersprüche und Songs auf Widertöne abklappern? Wer muss bei meinen Freunden Eindruck schinden mit seinem grossen Wissen über das aktuelle Weltgeschehen? Wer streichelt meinen Kopf, wenn er vor Schmerzen pocht? Und wer beruhigt meine Eltern in Sachen Nachkommen?

Frauen, seid mal ehrlich? Habe ich übertrieben mit meinen obigen Forderungen? Ich denke nicht, oder? Ihr habt sicher noch mehr Dinge, die ein Mann, der es sich neben euch bequem machen soll, mitbringen muss. Beispielsweise setzt ihr seine Akzeptanz voraus, dass eure zwei Siam-Katzen euer Ein-und-Alles sind und er sich mit seiner Allergie halt arrangieren muss. Bei der Einrichtung eurer ersten gemeinsamen Wohnung wird er mehrere Wörtchen mitreden dürfen, aber die Exekutive obliegt immer noch dem Weibchen. Vielleicht seid ihr auch notorische Dekor-Sammlerinnen, die sogar irgendwo eine Schublade mit tausenden von Schlüsseln haben, die man irgendwann zu einer Themenparty brauchen kann. Welches Thema sollte die denn haben? Schlüssel sucht Loch?

Ach bitte…

Und trotz eurer – manchmal aussergewöhnlichen, manchmal bodenständigen – Anforderungen habt ihr Lebenspartner. Immer oder immer wieder. Ich habe mich schon gefragt, was mit den Männern los ist; in Talkshows im Privatfernsehen kann man immer wieder Vaterschaftstests beobachten und wie die Leute darauf reagieren. 9 von 10 Kindern scheinen nicht den gedachten Vater zu haben. Wenigstens kann man bei der Mutter sicher sein. Ich erwische mich vielfach dabei, dass ich die Frau ansehe und denke „Was? Mit der hat schon mal einer gepoppt?" Und wenn dann der Moderator ihr verkündet, dass der von ihr angegebene Typ nicht der Vater ist, dann kommt sogar noch ein Zweiter in Frage! Wo gibt's denn so was? Ich dachte von mir eigentlich immer, dass ich für Männer ganz umgänglich sei, schliesslich kenne ich mich mit Sport aus – ausser mit Curling – hätte kein Problem damit, dass mein Freund mit seinen Kumpels irgendwo ein Bier saufen geht, wenn er am Schluss noch den Schlüssel alleine in die dafür vorgesehene Aussparung stecken kann, und ich bin begeistert von Videospielen. Ich finde „andere" Männer interessant, die etwas Eigenes haben. Bei mir müsste sich keiner schämen, weil er gerne Science-Fiction-Filme schaut, Harfe spielt oder eine eigentümliche Anziehungskraft bei der Farbe Eierschalenweiss feststellen kann.

Das Leben bringt halt manchmal auch schon kuriose Paare zusammen. Wie zwei verschiedene paar Schuhe huschen sie durch die Gassen und tauschen Heimlichkeiten aus. Wie sie sich gefunden haben ist mir unerklärlich. Vielleicht tun sie der Welt auch einen grossen Gefallen, indem sie völlig unterschiedliche Fäden zusammenspinnen und zu einem Netz verstricken. Wobei, wenn das Leben für jeden Topf den passenden Deckel parat hält und sich ein zu kleiner Topf für einen zu grossen Deckel entscheidet, dann gehen zwei Andere schon mal leer aus.

❧

Eine Ode an den Jahres- und Lebenswandel

Er ist wieder da! Taucht den Pinsel in uns unbekannte Farben, zieht frohlockend durch die Natur, kitzelt den Himmel und schattiert die Welt; der Frühling!
Eigentlich ist es ja jedes Jahr dasselbe. Die Natur erwacht, die Vögel zwitschern, die Pflanzen beginnen wieder zu spriessen, die Bäume kaufen sich neue Kleider und die Menschen…ja, die folgen dem Strom, zeigen wieder ihre Zähne und gehen in den Winterschlussver-

kauf. Auch sie wollen ihre kalte, erstarrte Winterhaut ablegen und den Frühling nah bei sich spüren. Ob eben eine neue Garderobe, neues Parfüm, neue Lippen/Brüste, oder neue Partner; wir sind im Wandel.

Je wärmer es wird, desto unbedeckter sind wir. Geben uns der schaulustigen Menge preis, hauen auf sich rümpfende Nasen bis uns jeder lieb hat. Der Sommer fordert seinen Tribut. Als wir dann räkelnd am Strand liegen, sind wir wieder gleichweit – an ein und derselben Stelle: dem Nichtstun.
Sobald nämlich die Tage wieder kürzer werden, frieren wir auf unseren Allerwertesten fest, schimpfen über nasse und kalte Zeiten – obwohl uns immer noch das Echo der Schimpftiraden über schwüle und kaum aushaltbare Temperaturen in den Ohren klingt. Kaum sind Schal, Handschuhe und dicke Decken vom Dachboden geholt, läuft plötzlich die Heizung und Chaos, von all den Kisten mit Decken und Mützen und Strumpfhosen, macht sich breit. Kurz nach Weihnachten bricht sowieso allgemeiner Tumult los und der Schnee – wenn überhaupt welcher liegt – wird gar nicht mehr beachtet. Nur die Autofahrer schimpfen und schleudern ihrem Glück entgegen. Aber es ist ja nicht mehr weit – bald ist er wieder da!

Übrigens: ich liebe den Frühling, weil ich jedes Jahr das Gefühl habe, aus einer Gleichgültigkeit heraus zu erwachen. Ich mag den Sommer, weil die Leute unternehmungslustig sind und etwas erleben wollen – ich eingeschlossen. Ich freue mich auf den Herbst, weil ich mich wie ein Kind fühle, wenn ich durch die Blätterhaufen fegen kann, die der arme Strassenwischer so mühsam zusammengekehrt hat. Und ich sehne mich nach dem Winter, weil ich gerne gemütlich zu Hause hocken bleibe, wenn ich doch den ganzen Sommer über so unternehmungslustig war. Ach, wie auch immer…

Und die Liebe?

Nun, im Frühling da springen doch alle Rehlein über die Wiesen und röhren wie die Hirsche. Im Sommer sieht man, was man haben könnte und will das dann auch. Im Herbst trifft man sich im Wartezimmer des Doktors und im Winter will man es einfach kuschelig warm haben…

☙❧

Ähem, warum noch mal bin ich Single?

Plangeschichten

The wind describes a melody of time
In a time without a melody

༄

Der Wind beschreibt eine Melodie der Zeit
In einer Zeit, ohne Melodie

༄

Dr Wind beschriibt e Melodie vor Ziit,
Ire Ziit, ohni e Melodie

Kürzlich habe ich meiner Kaffeemaschine von meinem Plan, einen Mann zu finden, erzählt und sie war begeistert! Wir sind uns einig, dass ich zuerst einmal einen Ort aufsuchen muss, an dem Männer, die unter Umständen auch noch zu haben sind, sich an einem Platz sammeln. Dann müsste ich einem der anwesenden Typen, der mir idealerweise auch gefällt, mittels Augenkontakt signalisieren, dass er sich doch bitte an mich ranschmeissen soll. Hat er das getan, muss ich meine Schüchternheit überwinden und mehr als ein paar Worte aus meinem Mund rausrieseln lassen – und wenn, dann Worte, die mich nicht gleich zum Affen machen. Danach klebe ich seine Hand an meiner Taille fest. So. Weiter bin ich noch nicht, aber für den Anfang nicht schlecht, oder?
Was aber, wenn er nicht schnallt, dass er sich an mich ranschmeissen soll? Was, wenn er in einem plötzlichen Anfall von Blindheit meine Freundin, die eigentlich zu meiner moralischen Unterstützung mitgekommen ist, zum Tanzen auffordert? Dank der Erfindung der Loyalität wird sie ja hoffentlich abwinken – aber den Typen kann ich jetzt nicht mehr erobern.
Wenn mir ein Mann gefällt, krampft sich in mir alles zusammen, die Schweissdrüsen haben Ausgang und mein Vokabular schrumpft ein auf Umlaute. Einzig der Fluchtreflex läuft auf Hochtouren. So krieg' ich natürlich keinen!

Was nervt mich denn eigentlich am Single-Dasein so? Es hat ja auch seine guten Seiten.
Ich kann ganz alleine entscheiden, was ich wann, mit wem und warum mache, oder eben nicht, muss mich vor und wegen niemandem rechtfertigen und kann auch spontan sein.
Wenn ich da an die Zeiten denke, in denen ich eine Beziehung hatte; immer muss man sich absprechen – an welchen Tagen ist man zu Weihnachten bei welcher Familie? Wann sind die Ge-

schwister mit ihren Partnern und variablerweise auch Kindern bei den Eltern und Grosseltern? Schaffen wir es, wenigstens einmal im Jahr die ganze Familie an einem Ort zu versammeln – für eine Stunde oder zwei? Dann kommt das grosse Ferienplanen: wer will wohin? Warum nicht? Warum doch? Wie? Camping, Trekken, Hotel, Wellness, Zug, Flugzeug, Auto, Fahrrad, zu Fuss? Was darf es kosten? Was nicht? Sightseeing, Herumleegling oder doch Mischmaschig? Ich persönlich habe etwas spezielle Anforderungen an Ferien: Am liebsten relaxe ich, bleibe auch mal gerne zu Hause (auch wenn ich weg bin), sehe mir ein paar Sachen an und geniesse die Ferienzeit. Aber am allerliebsten setze ich mich irgendwo hin und beobachte die Leute.

All diese Sachen muss man nicht nur berücksichtigen, wenn man mit dem Partner verschwindet, sondern auch eventuelle Meinungsverschiedenheiten einplanen. Auch Ferien mit Freunden wollen wohlüberlegt sein.

Eine Freundin und ich hatten ein paar Tage über Silvester in London ein Hotel gebucht. Sie ist die Shopping-Queen, ich bin die nervende „chunnsch-itz?[3]"-Tröte. In einem riesigen Laden stürzte sie sich als erstes auf die Unterwäsche – eine gewisse Shopping-Ordnung muss halt sein, zuerst dasjenige, welches dann zum Schluss vom Leib gerissen werden kann – und ich auf die T-Shirts. Kurzerhand eines gekauft – der Aufdruck vorne: „Kiss me" hat noch Jahre später für Verwirrung im Schulalltag gesorgt – und Freundin gesucht. Die war immer noch bei der Unterwäsche, aber mittlerweile bei den BH's. „Du, ich geh kurz raus, eine rauchen (Kinder, nicht nachmachen!) und warte da auf dich, ok?" „Jep, is juut." Mein Plan war ja eigentlich, dass Sie ein bisschen schneller ihren Streif(en)zug (da gestreifte Höschen auch im Sortiment waren, verstehste?) zu Ende bringen würde, aus Mitleid, mich im Schnee stehen gelassen zu haben. Denkste!

3   "wärest-du-wohl-so-freundlich - und kämest-jetzt?"

Nach einer halben Schachtel, zweitausensieben-hundertvierundsechzig Schneeflöckchen und langsamer Beineinschlafungsgefahr, ging ich wieder rein um nachzusehen, ob die Dame vielleicht an der Information abgegeben worden war.
Mitnichten! Sie war immer noch bei den BH's. Aber nicht bei den weissen, sondern bei den roten. Immerhin ein Fortschritt.
Wir haben uns immer noch lieb. Aber shoppen geht sie mit jemand anderem.
Und WENN wir trotzdem zusammen irgend in einem Laden landen, gibt SIE MICH in der Kinderabteilung bei Touchscreen-Memory oder sprechenden Schwämmen ab.

Hihi, Pluspunkt für mich; ich schleppe keinen Mann auf irgendwelche Touren durch die Geschäfte. Ich bestelle online!
Ich muss zugeben, das typisch Frauige an mir ist, dass ich mehr Schuhe habe, als ich zum Überleben brauche. Ich rede auch gerne und viel. Meine Haare sind mir ebenso wichtig. Das habe ich an mir selber bemerkt, als ich nach Berlin geflogen bin, nur mit Handgepäck. Flüssigkeiten sind in 100 ml-Behältnissen, Tuben, oder Ähnlichem erlaubt. All meine Haargels, -schäume und -sprays überschritten diese Begrenzung. Erst in Deutschland habe ich in einem Supermarkt eine Haarsalbe (für Männer) gefunden, die genau 100 ml fasste. Kurz vor Abflug entdeckte ich dann noch einen Markt, in dem extra kleine Hygieneartikel für Reisende angeboten wurden – Pech gehabt.
Aber ich habe weder einen ausgeprägten Dekor-Tick noch habe ich in jeder Ecke eine Kerze stehen (und wenn, dann noch nie angezündet), noch bestehe ich auf Räucherstäbchen während dem Geschlechtsakt. Dafür auf Musik. Das immerhin nur nebenbei. Genau das scheint irgendwie das Problem zu sein.

Manchmal traue ich mich sogar, jemanden anzusprechen. Oder ich traue mich, mich ansprechen zu lassen – ist auch nicht immer einfach! In diesen Momentan waren meine sonstigen Gewohnheiten (stammeln und flüchten) wohl gerade im Koma. Meistens aber sauge ich einfach meine Umgebung in mich auf; ich studiere gerne die Eigenschaften und Angewohnheiten von Menschen. All diese Themen, Beobachtungen und Erkenntnisse diskutiere ich oftmals mit meinen beiden Mitbewohnerinnen. Eine davon, die Kaffeemaschine, habt ihr ja bereits kennen gelernt. Wenn ich voll beladen mit Einkäufen nach Hause komme – die beiden haben sich standhaft geweigert, irgendwelche Haushaltsämtli[4] zu übernehmen – erzähle ich beim Auspacken von meinen Schwierigkeiten, auch nach mehreren Jahren nicht-mehr-zu-Hause-wohnen, Klopapier offen mit mir herumzutragen, von meinem aktuellen Traum-Schwarm der nächtlich mit mir schläft, bis mir ein anderer in den Sinn kommt, und von meinen neuesten Verschwörungstheorien; dass alle Männer, die sich für mich interessieren könnten, vergeben, schwul oder tot sind. Die Mikrowelle summt meistens nur vor sich hin und will mir damit sagen, dass ich das Leben nicht so schwer nehmen soll, schliesslich habe ich wenigstens warmes Essen. Aber sie ist begeistert von dem Gedanken, dass ich mir einen Mann in die Wohnung wünsche. Etwas mehr Ordnung könnte der Küche nicht schaden. Die Kaffeemaschine widerspricht mir auch nie, im Gegenteil, wir sind meistens (m)einer Meinung. Besser für sie, denn wenn sie sich doch mal auf die Gegenseite schlägt, dann lasse ich provokativ den Katalog eines Elektro-Discounters mit heruntergeschriebenen Wasserkochern auf meiner Bar liegen.

Nicht, dass ihr jetzt denkt ich sei total durchgeknallt oder so! Wenn man lange genug alleine lebt, dann tut man lieber so, man spräche (hallo Möglichkeitsform!) mit etwas, als mit sich selber. Denn anstatt Selbstgesprächen führe ich Selbstgedankengespräche und mache manchmal so grosse Quantensprünge, dass ich mir selber nicht mehr folgen kann.

....
4   *offiziell ausgeschriebenes Amt zur Übernahme einer oder mehrere Haushaltstätigkeiten*

Ach wisst ihr, ich verbocke es mir ja eh immer wieder selbst! Typisch grosse Schnauze, nichts dahinter! Schreiben kann ich wunderbar ungehemmt und flüssig über Sex und was so dazugehört. Steht dann tatsächlich mal ein guter Typ vor mir, dann kriege ich Schiss und haue ab! Endlose Male habe ich mit entfernten Bekannten gesimst oder gemailt und recht freizügig – die Sache mit der Zurückhaltung und mystisch sein, um interessant zu bleiben habe ich nie ganz kapiert – über mich und meine Wünsche geschrieben. Wollten die Herren mir dann diese erfüllen, war ich entweder krank, in Oslo oder ich musste mich vor den Paparazzis verstecken. Mann, bin ich ein Feigling!

Ein paar Mal hatte ich den Fehler gemacht (ob es wirklich ein „Fehler" war, weiss ich ehrlich gesagt auch nicht so genau), sogenannten „Freundinnen" von meinen Schwärmen zu erzählen. In der Sekundarschule meinten die Mädels es dann allzu gut mit mir und organisierten an einer (unschuldigen) Party, dass ich mit meinem Herzblatt ins Klo eingesperrt wurde - ja, richtig gelesen! Da fanden wir einen Zettel auf dem stand: "Bevor ihr nicht ein Paar seid, lassen wir euch hier nicht mehr heraus!" Nur blöd, dass mein Wunschkandidat dann an die Türe hämmerte und einer dieser Freundinnen, die das Klo-Disaster eingefädelt hatte, seine Liebe gestand.
    Autsch.
Nun ja, immerhin kamen die beiden dann irgendwann zusammen - wenn auch nur kurz, aber IMMERHIN!

Etwas schmerzhafter für mich wurde dann ein paar Jahre später folgende Geschichte:
Ich war mit - immer noch denselben - "Freundinnen" einen trinken, als wir eine Gruppe von Jungs in unserem Alter entdeckten, die wir bisher noch nie gesehen hatten. Als diese die Bar verliessen, flüsterte ich meinen Begleiterinnen zu, dass ich den einen ganz links total süss gefunden hätte. Prompt sprang eine der

Beiden auf, rannte den Jungs hinterher und meinte, wir sollten unbedingt etwas mit ihnen trinken gehen. Ich wurde puterrot - dank Discobeleuchtung fiel das aber nicht weiter auf - und ging natürlich mit. Wir freundeten uns mit dem Haufen an und verbrachten bald viel Zeit in der Clique. Der Eine gefiel mir immer besser und ich verliebte mich in ihn.

Einige Zeit später verbrachte ich Silvester mit ebenjenen "Freundinnen" in einem Skiort. Diejenige, die damals den Männern hinterhergejagt war gestand mir dann unter Tränen, dass sie sich ebenfalls in den Typen ganz links verliebt habe.

Ab diesem Zeitpunkt ging es dann nur noch darum, dass sie mit ihm zusammenkäme. Ich hielt wie immer den Mund.

Nun ja, immerhin kamen die beiden dann zusammen und sind es nach über einem Jahrzehnt immer noch! IMMERHIN!

Ich musste also auf die harte Tour lernen, dass man auch mal den Mund aufmachen muss, wenn man etwas will - auch wenn die Gefahr besteht, das man es (in diesem Falle „ihn") nicht bekommt.

Meine London-Freundin hält mir übrigens noch heute vor, dass ich gute vier Jahre in einen Typen verschossen war, den ich dann – als ich ihn hätte haben können – kurz und bündig aus meinem rationalen Denken ausgeschlossen habe. Rational deshalb, weil ich natürlich immer wieder ins alte Muster zurückgefallen bin, emotional, und ihn dann doch wieder toll fand. Nur so lange er nichts davon wusste, natürlich. Dieser Typ nämlich, den hatte ich absolut zufällig kennen gelernt. Beabsichtigt passiert mir das ja sonst nie. Meine Londoner-Shopping-Freundin hatte mich mit 16 Jahren zum ersten Mal in eine Disco mitgenommen. Sie wurde dann auch prompt siebenmal angequatscht. Und ich? Ich fühlte mich ziemlich überflüssig und wünschte mir eine Schaufel zum Loch ausheben herbei. Einer der Anmacher liess sich etwas ganz Kreatives einfallen und überfiel sie mit einem Radiointerview. Ohne Grund und Mikrofon. Seine Freunde standen verdutzt daneben und ich neben ihnen. Wegen der lauten Musik konnten wir kein Wort hören, was die beiden miteinander redeten. Also sprach einer der Typen plötzlich mich an. Irgendwas Witziges hatte er wohl gesagt – und ich hatte kein Wort verstanden (wir erinnern uns: ich war in einer Disco) – denn er fing an zu grinsen. Also grinste ich mit. Den ganzen Abend lang grinste und lächelte ich vor mich hin. Der Mann gefiel mir. Meine Freundin dem Radiomöchtegern wohl auch, denn er wollte ihre Nummer. Da wir, also sie, ja offen für fast alles waren, gab sie ihm die Zahlen durch. Beim ersten Treffen wollte sie, dass ich dabei bin. Und ich wollte, dass der Andere dabei ist. Also machten wir einen Deal und trafen uns kurz darauf zum Kaffeekränzchen auf Berns Strassen. Die Stimmung war gut, der Gesprächsstoff fliessend erneuerbar und bald hatten Sympathien ihr Ziel gefunden. Beide Typen waren nämlich scharf auf meine Freundin.

Das passiert mir immer. Zumindest öfters. Nämlich meistens dann, wenn ich mit einer Freundin aus bin. Das ist sogar bei den Männern ein Thema. Wer darf „die Hübsche" haben? Wer muss sich, aus Loyalitätsgründen, mit „der Anderen" abgeben? Für mich selten ein Problem – ausser natürlich ich will was von dem einen Kerl. Aber ich kann auch verstehen, dass sie meine Freundinnen toll finden. Ich finde sie ja auch toll. Die obige Bekanntschaft entwickelte sich ins Nirgendwo. Der Radiotyp war irgendwann vergeben. Meine Freundin und ich trafen uns daher manchmal auch nur mit dem Anderen. Einmal lief ich ihm und ein paar seiner Freunde zufällig über den Weg. Sie nahmen mich mit auf meine erste Reise in die Rebberge – bildlich gesprochen – und ich verbrachte die Nacht mit ihnen. Auf einem Balkon irgendwo in Zollikofen. Oder war es Münsingen? Es hätte auch Tokio sein können, ich jedenfalls hatte mein Herzchen etwas geöffnet und dem Zunder in mir erlaubt, sich langsam zu entfachen. Ich wollte diesen Mann! Für was, war mir selber noch nicht ganz klar. Immerhin stand ich auf sicherem Boden. Dumm schnurre konnte ich ohne Probleme – er wollte ja nichts von mir. Bis eines Tages plötzlich seine SMS konkreter wurden. Urplötzlich – oder vielleicht war die neue Beziehung meiner Freundin der Auslöser – wollte er auch mich! Ich war gerade in Lloret de Mar (…) als er sich meldete. Wegen fast aufgebrauchtem Guthaben musste ich ihn auf das Datum meiner Rückkehr vertrösten. Minuten später vibrierte mein Handy. „Aufgeladenes Guthaben: 30 Schweizer Franken". Er hatte mir tatsächlich Geld aufs Handy geladen um mit mir schreiben zu können. Ach, wie irrsinnig süss! Aber auch, ach, wie irrsinnig konkret. Ich wollte ihn ja auch, aber mein Fluchtreflex war stärker. Nur einmal – kurz nach meiner Rückkehr aus Lloret, braungebrannt und voll guter Stimmung – bin ich alleine mit ihm aus gewesen. Wir sind zu ihm nach Hause – keine Ahnung wie wir dahin gekommen sind, am Alkohol kann es nicht gelegen haben, ich trinke ja (meistens) keinen – und redeten auf dem Balkon über Gott und die Welt. Ich drehte meinen Kopf absichtlich von ihm weg. Ich hatte Panik. Kurzatmigkeit. Schweissausbrüche. Weiche Knie. Und er drehte einfach so sanft wie möglich – ein bisschen Kraftaufwand war halt von Nöten – meinen Kopf wieder zu sich und küsste mich. Einfach so.

Stunden später verliess ich im Morgengrauen seine Wohnung. Ausser knutschen war da nicht viel. Aber ich hatte eine Erfahrung mehr gemacht und hoffentlich etwas von meiner Schüchternheit ablegen können.

Mit dem Typen habe ich mich noch ein paar Mal getroffen, aber später, als er dann seine zwischenzeitliche Beziehung wieder beendet hatte, wollte ich nicht mehr. Also war ich entweder krank, in Oslo oder auf der Flucht vor Paparazzis. Ich wollte ihm nicht wehtun – wobei ich sicher bin, dass ich das nicht getan hatte, denn Gefühle waren von beiden Seiten nicht im Spiel – aber er war es halt eben auch nicht.

Derjenige.

Ich glaube an die Liebe auf den ersten Blick. Oder zumindest glaube ich an den Glauben daran. Aber ich glaube nicht – oder ist es doch eher Hoffnung? – dass es nur einen passenden Topf zu mir als Deckel gibt. Dann müsste es ja unendlich viele Sondergrössen geben. So viele Herdplatten kann man gar nicht herstellen.

☙

Liebe ist für mich kein Wort, das man im Lexikon finden sollte. Eine kurze Beschreibung der fehlgesteuerten Schmetterlinge im Bauch oder die Erklärung der plötzlich auftauchenden Verwirrtheit bei Frischverliebten. Nein. Für mich ist Liebe unerklärliche Magie. Ein Gefühl, das sich niemals wiederholen kann. Eine Erinnerung des Lebens; an einen Lebensabschnitt der Höhe- und Tiefpunkte vereint. An verschneite Winternächte und Sonnenuntergänge. An ein schüchternes Herantasten und Kennenlernen, bis man ungeniert übereinander herfallen kann. Oder umgekehrt. An eine Lebensgeschichte jedes Einzelnen, die doch alle wieder zusammenführt.

Dieses Gefühl, das jedes Mal anders ist, wollen wir ergründen und verstehen, bis wir plötzlich das Eigentliche nicht mehr sehen; die Liebe.
Liebe ist meistens verbunden mit Schmerz und Qual. Mit erbitterten Tränen und Unverständnis. Doch auch mit den unbeschreiblichsten Emotionen und Gefühlsempfindungen, die den Menschen das Leben versüssen. Gelegentlich hat das Alleinsein auch seine Vorteile. Will der Mensch nicht immer gerade das, was er nicht hat? Ich habe schon etliche Male an meiner Beziehungsfähigkeit und an mir selber gezweifelt. Doch ist in meinem Herzen immer noch ein Flämmchen Hoffnung darauf, dass meine Träume wahr werden könnten. Träume, die man am liebsten vergessen möchte, denn sie tun weh. Träume, die man nicht missen möchte, denn sie sind trotzdem schön.

☙

Genug der Schwafelei; wieder einmal zu viel Kaffee getrunken… Ihr seht, meine Welt ist ganz in Ordnung, nebst den täglichen Kataströphchen.

Dategeschichten

I saw heaven in your eyes
I see hell in mines

༄

Ich habe den Himmel
in deinen Augen gesehen
Ich sehe die Hölle in meinen

༄

I ha dr Himmu i dyne Ouge gseh,
I gseh d'Höu i myne

Ich denke, wir beginnen unsere Reise bei meinem ersten Kuss. Vorher war nichts erwähnenswertes, höchstens Flaschendrehen und langsames Einzeltanzen auf Jugendparties.

Zur Einstimmung ein kurzer theoretischer Exkurs
Jede/r von uns hat seine eigenen Erfahrungen mit Küssen. Ich hatte bisher nicht sonderlich viele Lippen auf meinen. Trotzdem küsst jeder anders. Und wie! (P.S. mein Erster wird unten erklärt, ich verrate allerdings nicht, welcher es war, sonst könnte ich wirklich in Schwierigkeiten kommen.)

Da gibt es den Fisch. Der bewegt die Ober- und Unterlippe immer zuerst voneinander weg und dann wieder zueinander. Das gibt dann diese bestimmte Kussform, dass die Lippen des Kusspartners (also meine) immer wieder eingequetscht werden – somit auch eingenässt – und dann wieder freigelassen um an der frischen Luft zu trocknen. Achtet euch mal darauf, wenn Leute nach dem Knutschen wieder ansprechbar sind. Wenn sie ober- und unterhalb der Lippen stark gerötet sind, dann ist deren Partner ein Fischküsser. Übrigens stellt diese Kussform ein schier unüberwindbares Hindernis beim Zungenküssen dar. Glaubt ihr nicht? Versuchts mal!

Dann folgt das Lama. (warum ich übrigens all diese Küsse mit Tieren vergleiche, hat nichts mit einer sexuellen Neigung zu tun, sondern basiert lediglich auf visuellen Erfahrungswerten). Eben, das Lama scheint den halben Mund inklusive Kiefer in den Kuss einzuschliessen, sabbert dich rundherum voll – manchmal säubern sie sogar die Nase des Partners, ohne es zu merken – und scheint seine rege Freude am Speichelaustausch zu haben. Irgendjemand sollte mal die wichtige Aufgabe übernehmen, allen

Lamaküssern zu erklären, dass der Speichelaustausch kein Ziel eines Kusses ist, sondern die romantische Nebensache.

Der Hund schiebt seine Zunge in unsere Gaumen und lässt diese eine Zeitlang dort liegen. Er scheint schnell aus der Puste zu sein, obwohl seine Aktivität sich stark in Grenzen hält. Unsere Aufgabe besteht darin, seine Zunge mit unserer in unserem Mund so herumzuschieben, sodass der Eindruck entsteht, wir vollführen Akrobatik. Mit diesem Küsser kann über längere Zeit keine wirklich romantische Bindung entstehen, weshalb wir sie häufig alleine in Bars, meistens betrunken, antreffen.

Ein schönes Exemplar ist auch der Papagei. Der beisst vorzugsweise in fremde Lippen und spannt seine so fest an, dass man das Gefühl hat, ein Gummiboot zu küssen. Mit ihm verwandt ist das Eichhörnchen, dessen Bewegungen so schnell und so angespannt sind, dass man sich vorkommt, als hätte man selber Nüsse im Mund und der momentane Küsser sei daran, an diesen zu knabbern.

Wir alle haben unsere Erfahrungen gemacht mit Kussarten und –variationen. Ich denke, ich spreche für die meisten, wenn ich mich hier für eine gute Mischung ausspreche. Obwohl ich doch zugeben muss, dass mich die Vorstellung, zwei Hundeküsser treffen aufeinander, zum Lachen bringt. „Der langweiligste Kuss der Welt" würde wohl am nächsten Tag in der Zeitung als Schlagzeile stehen…

Ich hatte in meinen letzten Grundschuljahren ein paar enge Freundinnen, mit denen ich an Neujahr eine Wette abschloss. Im nun folgenden Jahr mussten wir alle mindestens einen Jungen küssen. Und zwar bis Silvester. Alle zum ersten Mal. Sofort gingen wir an die Umsetzung. Jede für sich. Schliesslich ging es um ein Riesenmenü in einer gängigen Fast-Food-Kette. Ich also sofort jegliche Jugendberatungsbücher gewälzt, meine Mutter nach ihrem ersten Kuss gefragt und ein paar Jungs aus der Oberstufe "fragen lassen"[5]; einfach so, hätte ja sein können. Item[6]. Eine meiner Freundinnen hatte noch vor dem Frühlingsanfang einen ersten Kuss vorzuweisen. Keine Ahnung mehr wieso und mit wem, sie hielt aber bis Ende Jahr den Rekord mit einer handvoll Jungs gehalten.

Nun, ich will euch nicht mit anderen Stories aus diesem Jahr langweilen, denn passiert ist nichts, überhaupt nichts! Bis zum Silvesterabend ... Da waren wir zu dritt aufs Land gefahren, um über die Feiertage auf dem Snowboard zu stehen und erstmals so richtig ohne elterliche Gewalt abfeiern zu können. An diesem Abend musste es passieren, das wusste ich! Also suchte ich schon in der ersten Bar nach einem Typen der mir gefiel, damit ich ihm genug Vorlauf geben konnte, mich schön zu trinken. So viel Zeit muss sein. Gesucht, gefunden. Tatsächlich schien er mich auch bemerkt zu haben, denn er sah mehrmals zu uns rüber. Er war mit einem Freund dort, den ich nicht weiter beachtete. An diesem Tag war die Bude voll. Nach einiger Zeit wollten wir weiter. Ich ging kurz zu ihm rüber, als meine Freundinnen auf Toilette waren, und sagte ihm, dass wir weiter zu einer bestimmten Disco gehen. Ob er und sein Freund auch kommen würden? Er zwinkerte mir zu und nickte kurz. Ich hatte ihn an der Angel! Meinen Freundinnen erzählte ich nichts von meinem Fang, schliesslich hatte ich erst den Köder ausgeworfen.

---

5   höfliche Anfrage (durch eine Drittperson), ob das Führen einer Beziehung mit der Fragenden gewünscht sei

6   naja....so sei es halt...

Anm. d. Redaktion: warum ich überhaupt die Eierstöcke hatte, den Herrn anzusprechen ist mir auch heute noch ein Rätsel.

Bald darauf ging es auf Mitternacht zu – ich musste mich beeilen! Aber mein Typ war auf und davon. Nicht mehr zu sehen. Ab in den Nebel. Meine Freundinnen feierten, verzogen sich alsbald jede in eine Himmelsrichtung und liessen mich an der Bar mit meinem Eistee stehen. Ich hatte mich anerboten, unsere Sachen im Auge zu behalten, bis mich jemand ablöste.

Als ich langsam um meinen Stammplatz kämpfen musste vor lauter frisch gewürfelten Pärchen, die sich knutschend und Trockenübungen-machend an die Bar drückten, und weiterhin keine meiner Begleiterinnen in Sicht war, entschloss ich mich, nach ihnen zu suchen. Beim Eingang stand ein Sofa. Da sassen mindestens vier Jungs die sich mit einer der beiden unterhielten. Sie war also in Sicherheit. Die Andere war nicht so einfach zu finden. Sie hatte wohl etwas über den Durst getrunken und mittlerweile Freundschaft mit einer Kloschüssel geschlossen. Ich hob sie hoch und trug sie raus an die frische Luft, damit sie sich etwas erholen konnte. Auf ihren Wunsch gingen wir aber bald wieder in den warmen Schuppen, suchten uns eine Bank und sie schlief liegend, den Kopf auf meinen Oberschenkeln – gedankt sei diesmal dem Winterspeck! – ein. Trotz DJ Ötzi und sonstigem BummBumm in Düsenjet-Dezibel-Grössen. Und plötzlich sass er da! Mein Typ von vorhin! Wie aus dem Nichts war er aufgetaucht und setzte sich auf einen Stuhl uns gegenüber. Er zwinkerte mir abermals zu und schrie mir ins Ohr: „Na, was hat denn deine Freundin?" Ich schrie zurück: „Sie meditiert!". Er grinste und versuchte dann anschliessend meine – inzwischen annähernd nüchterne aber immer noch etwas lasch wirkende – Freundin aufzuwecken. Sicher wollte er, dass sie sich von meinem Oberschenkel verzog, damit er mit mir tanzen konnte – so dachte ich. Falsch! Er zog sie an sich und dann auf die Tanzfläche. Ich sass weiterhin da, mit eingeschlafenem Bein, meinem Eistee und dem Gedanken im Kopf, was ich wohl als nächstes sagen musste, um der Situation gerecht zu werden. Ich starrte den beiden hinterher und wusste, dass ich wieder alle meine Karten verspielt hatte. Ich hätte vielleicht meine Freundin vorher darauf hinweisen sollen, dass ich den Mann zu meinem Erstküsser ernannt hatte. Tja.

Zum Glück kam dann doch noch die Rettung in Form des Freundes von meinem ehemaligen Auserwählten (also der, den ich bisher nicht beachtet hatte). Er fragte, ob er einen Schluck von meinem Eistee haben könnte. Danach hatte ich auch schon seine Zunge im Mund.

Stunden später wollten der Eistee-Zungentyp und sein Freund uns zwei mitnehmen in einen nahe gelegenen Bauernhof in dem sie einen Heuhaufen entdeckt hatten. Sie wollten uns wärmen und vor herumschwirrenden Mistgabeln beschützen. Nun, wir waren nicht – einige nicht mehr – so betrunken, dass wir uns auf dieses unmoralische Angebot eingelassen hätten. Unverrichteter Dinge trotteten die Jungs irgendwann in den frühen Morgenstunden ab. Mit der plötzlich wieder einbrechenden Einsamkeit hatten wir alle drei nicht gerechnet – jaja, die Letzte von uns Dreien ist schlussendlich in unserer Jugi eingetroffen, mit einem sympathischen Walliser (oder war der aus dem Waadtland?) im Schlepptau, der allerdings bald auch wieder seinen Zug erwischen musste. Deshalb flehten wir dann unsere Eroberungen an, wieder zurückzukommen (natürlich hatten wir die Nummern ausgetauscht). Ehrlich gesagt, haben wir niemals mehr etwas von den beiden gehört.

Im Nachhinein haben wir im Kollektiv beschlossen, dass alle die Wette gewonnen hatten, auch wenn zwei ihren ersten Kuss erst nach Mitternacht abgeholt haben.

Wenn es schon beim Knutschen so kompliziert wird, wie wird das erst bei weitergehenden Experimenten?

Eine weitere schöne Anekdote, um euch meine ersten Schritte in der Welt der Männer, der nassen Küsse und Stringtangas näher zu bringen, spielte sich in meiner Heimatstadt Bern ab – kurz nach meinem 18. Geburtstag. Ein Bericht in Echtzeit.

☙

Wir paar Frauen wandern eines schönen Tages schnurstracks in die Spitalgasse. Nach hundert Metern links in den Laden rein, der mit XXX angeschrieben ist. Dieses Vorgehen hatten wir bereits minutiös geplant und uns gedanklich darauf vorbereitet. Schlussendlich können wir aber nicht verhindern, dass wir beim Eintreten bereits etwas rote Farbe ins Gesicht bekommen. Der Maler ist da.

Wir besehen, betatschen, beekeln uns und lachen über die absurdesten Dinge, die der Laden zu bieten hat. Etwas kaufen wollen wir eigentlich nicht wirklich; wir hätten ehrlich gesagt auch nicht das Geld dafür.

An der rechten Wand, hunderte Vibratoren & -ähnliche Gebilde. Rot, blau, weiss, gross, klein, Schlüsselanhänger, Bananengeschmack, Erdbeergeschmack, Gepardenmuster, Zebramuster, Delfinform, Froschform (??), mit zwei Auswüchsen seitlich, einer für zwei (nicht preislich gemeint), batteriebetrieben, Solarenergie oder zum Zusammenklappen. Ich bin schier überrumpelt vor lauter neuem Material, dass ich in meine Tag- oder Nachtträume einfliessen lassen kann.

Weiter, nächstes Regal: die kleinsten Vibratoren der Welt …aha … neunhundert Franken für einen Vibrator aus Gold, den ich in mein Portemonnaie stecken kann? No, thanks.

Und weiter; Spielzeug … wer erfindet eigentlich solche Sachen? Hier eines, bei dem es darum geht, wer mit seinen vier Karten herausfinden kann, welche Stellung, mit welchem Hilfsmittel, mit wem …

weiter möchte ich nicht ins Detail gehen. Erinnert aber ein bisschen an Cluedo. Allgemeines Gekicher aus unserer Ecke. Der Kassierer wirft uns schon amüsierte Blicke zu; hat das Spiel wohl selber bereits ausprobiert …lassen wir das.

Nun die Treppe hoch, an Silikonbrüsten, -pos, -köpfen, Gummisusis und –vrenis vorbei. Unglaublich! So, wo sind wir jetzt gelandet? Aha, im Lederdessous-Abteil. Ich entdecke eine Art Unterhose die innen wie aussen eingenähte Vibratoren hat. Eine zeitlang schnalle ich nicht, für was genau das gut sein soll, bis mir meine Begleiterinnen mittels Trockenübung die Augen öffnen. Unterhöschenträgerinnen sollen auch angezogen ihren Spass haben. Interessant. Unser schallendes Gelächter dröhnt vom ersten Stock.

Zwei, drei Schritte rechts und wir finden uns in der Poppywood-Abteilung wieder. DVD´s für einen Fünfliber. DVD´s, deren Cover alleine schon nur in die Horrorabteilung gehören würden. Einem kleinen Kind könnte man noch erklären, dass die arme Frau einen Weisheitszahn hat operieren lassen und das alles Eiter ist – also schön Zähne putzen!
Nichts für mich! Schnell finde ich den Weg nach unten an die Kasse. Dort entdecke ich etliche Kondomarten und Zubehör. Massageöl, Nudeln, Nudel-Nudeln und so weiter.
Ich mustere die Vielfalt der angebotenen Ware, als mich der süsse Typ - "leider" schwul - hinter der Kasse anquatscht. Ob ich nicht Super-Plus-Kundin werden möchte? Da hätte ich so- und soviel Prozent auf meinen Einkäufen und bekäme erst noch die neuesten Angebote nach Hause geschickt.

Mit hochrotem Kopf erkläre ich ihm, dass meine Mam wohl nicht so Freude hätte, wenn monatlich die neueste Version des Schokoladen-Vibrators, der XXXL-Kondome oder sonstige Prospekte auf meinen Namen eintreffen würden. Er nickt verständnisvoll. Ich könne ja auch auf die Werbung verzichten und nur die Prozente in Anspruch

nehmen, meint er.
Währenddem ich so tue, als ob ich mir das Angebot überlegen würde, kommt ein jüngerer Mann mit Latzhose und Kapuze über dem Kopf, die Treppe runter und schleicht sich an mir vorbei an die Kasse. Wahrscheinlich kauft der seinen ersten Porno, denke ich mir.
Der Verkäufer gibt den Artikel ein und sagt: „Ah, unser neuer Anal-Trainer! Eine gute Wahl mein Herr."

...

Schnell verlassen wir den Laden und suchen uns eine Ecke in der Stadt, wo wir losgrölen können. Manchmal macht es einfach Spass, sich absolut kindisch zu verhalten! Der arme Junge in Latzhose! Ob der wohl Super-Plus-Kunde ist?

☙

Übrigens war ich ein paar Jahre später tatsächlich noch mal in dem Laden. Und zwar aus purer Anti-Haltung dem Alleinsein gegenüber – nicht zu verwechseln mit der Einsamkeit. Warum sollen nur Männer diejenigen sein, die sich Pornos kaufen und sich damit einen Abend versüssen? Das wollte ich nicht einsehen und bin direkt an der Kasse vorbei, in den ersten Stock – ich wusste ja, wo die Dinger zu finden sind. Ich griff mir eine mit dem wohlklingenden Titel „Vom Aschenputtel zur Sexgöttin" und sah zu, dass ich wie ds Bisiwätter[7] den Laden wieder verlassen konnte.
Am darauf folgenden Wochenende hatte ich nochmals die neuen Funkkopfhörer überprüft - schliesslich mussten die Nachbarn ja nicht gleich wissen, was und mit wem man (es) hinter verschlossener Tür so trieb - die Mitternachtsstunde abgewartet, zum ersten Mal alle meine Kerzen im Schlafzimmer aufgestellt, angezündet und den Film gestartet.

....
7   *so schnell wie der Wind*

Eigentlich hatte ich erwartet, einen Sexfilm zu sehen. Vielleicht mit alten Kostümen, vielleicht das Märchen von Aschenputtel nachgespielt, mit eingeschobenen Sexsequenzen. Vielleicht aber auch etwas härteren Sex von und mit den bösen Schwestern. Aber nein! Was flimmerte mir vor den Augen? Ein Film darüber, wie drei Frauen, die sich in Sachen Sex zu unsicher sind, eine Lehrstunde im Blasen und in der Funktionsweise der Missionarsstellung bekommen. Theorie verbunden mit der Message „Glaub an dich! Auch du bist eine Sexgöttin!" Schlussendlich spulte ich die langwierigen Erklärungen der Protagonisten vor und kam auf ca. 5 Minuten effektiver Sexszenen. Der Film an sich wäre super – nur leider nicht das, was ich erwartet hatte. Ich habe ihn mir aufgehoben, für noch schlechtere Zeiten.

Leider kann ich meiner Vorliebe in diesem Shop nicht frönen. Ich gebe hier ganz offen, unumwunden und fast gänzlich ohne rot zu werden, zu, dass ich eine habe. Eine Vorliebe meine ich. Die hat weder mit Schuhen, noch mit Kleidungsstücken oder gar Züchtigungsmassnahmen zu tun. Vorlieben sind vielfältig und allgegenwärtig. Manche sind leicht zu finden, andere gehen bis nach Fürvieleunverständlichkeitsland. Meine ist eigentlich einfach. Aber leider trotzdem rar. Ich stehe nämlich auf Stimmen. Auf tiefe Stimmen. Wenn ich einen Mann mit tiefer Stimme sprechen höre, ist es um mich schon fast geschehen. Dann schalten sämtliche Synapsen im Hirn den Strom ab und schiessen in meinen Unterleib und überschwemmen meine Tropfsteinhöhle. Dabei spielt es eigentlich gar keine Rolle wie der Typ aussieht – bin eh nicht zu oberflächlich; nur im gesunden Masse, denn mein Freund sollte mir ja schon gefallen, oder?
Ich brauchte zum Beispiel nur 0.2 Sekunden, um mich in meinen Ex zu verlieben – ein „Hoi" genügte. Nicht umsonst war und ist er hauptberuflich Sprecher. Er spricht. Also meistens erzählt er etwas beim Sprechen… Der hätte mir die Börsenkurse vorlesen können, er wäre geradewegs vernascht worden.

Ich erlaube mir hier einen kleinen Gedankensprung und stelle mir kurz einen sprechenden Schokoladenkuchen vor. Den würde ich auch sofort vernaschen. Zweimal dieselbe Aktion, einmal mit Kalorienverbrennung und einmal mit –sammlung. Die deutsche Sprache müsste sich mal überlegen, ob sie sich nicht doch etwas ausdrücklicher ausdrücken möchte…

Zurück zum Punkt. Leider sind diese Stimmen die ich meine, sehr wenig verbreitet in meinem Altersfeld. Übrigens rede ich hier nicht von Raucherstimmen, die über 20 Jahre "antrainiert" wurden, sondern über richtige Bassstimmen.

Gerade erst habe ich eher zufällig ein Hörspiel mitverfolgt. Dabei habe ich mich – wieder mal – Hals über Kopf in einen der Sprecher verknallt. Sofort spielt meine Fantasie verrückt – ich stelle mir vor, wie er dieses Buch verhörspielert und ich ihn deswegen persönlich kennen lernen darf. Natürlich haben wir während der ganzen Dauer der Vorlesung eine Affäre und er darf mich danach auch heiraten, wenn er will. Er könnte mir aber für den Anfang auch nur die Leserbriefe einer Kaninchenzuchtzeitschrift vorlesen.

Besonders liebe ich es, wenn Männer, mit tiefen Stimmen, lachen. Und wer mit mir zusammen sein will, braucht Humor. (Und: ja, das ist absichtlich zweideutig gehalten.)
Ich behaupte von mir, dass ich für eine Frau eine angenehme Stimme haben kann. Haben kann deswegen, weil auch bei mir – vor allem bei grosser Freude oder Lachanfällen – Quieksen vorkommen kann. Aber in meinen aktiven Jahren als Sängerin bei diversen Bands und Künstlern, sowie beim Gutenachtgeschichten vorlesen, habe ich überwiegend gutes Feedback bekommen. Ich denke, ein Paar muss auch akustisch zusammenpassen. Wenn ein Mann mit tiefer Stimme mit einer Frau zusammen ist, die

nur herumquäkst, dann bekomme ich ein beklemmendes Gefühl in der Brust. Aber auch, wenn ein Mann irgendwie den Stimmbruch verpasst hat, nun eher piepst als spricht und mit einer Dame zusammen ist, die vor lauter Raucherstimme wie Robocop klingt, zieht sich meine akustische Aufnahmestation zusammen und klappt die Ohrläppchen ein.

Ich habe mich schon etliche Male ernsthaft gefragt, warum ich so extrem auf tiefe Stimmen reagiere. Schliesslich habe ich gerade öffentlich gestanden, dass ich wohl gleich mit einem ins Bett hüpfen würde, wenn der nur schon in meine Nähe käme. Ob das umgekehrt auch der Fall sein würde, das spielt übrigens in meinen Fantasien nie eine Rolle. Deshalb nennt es sich ja auch so… Schlimmes Mädchen!

Ich persönlich kenne keine endgültige Antwort darauf. Es muss sich nun aber nicht jeder Hörspielsprecher oder Bass (also der Sänger, nicht das Instrument…) vor mir verstecken – ich kann auch ganz brav sein.

Lustig ist übrigens auch, dass mich nicht nur einige Leute auf meine Stimme (die so besonders nicht ist) ansprechen, sondern auch, ob ich Spanierin sei. Was das mit der Stimme zu tun hat? Na ja, es sei die Art wie ich das „s" aussprechen würde. Das töne so spanisch … ähem …erstens: wie spricht man ein „s" spanisch aus, ohne Spanisch zu sprechen? Zweitens: ich lisple. Spanischer Herkunft zu sein wäre aber eigentlich eine schönere Erklärung. Ich glaube eher, dass ich diesen Leuten nur spanisch vorkomme. Alle Schaltjahre hält mich mal einer für eine Holländerin. Auch ganz lustig.

Bei einem Radiointerview hat mich mal ein Zuhörer gefragt, ob ich ein Zungenpiercing hätte – das „s" klinge so …was? Spanisch? Holländisch? Metallisch? Sag's! Tja, er dachte wohl, mit einem Stab durch meinen Mundmuskel wäre der wohl zu schwer und würde aus dem Sprachloch hängen oder so. Nee!

Was für ein Zufall, dass ausgerechnet ein Spanier mich kurz nach meinem 20igsten Geburtstag beim Einkaufen angesprochen hat, nachdem er mich beim plaudern mit der Kassiererin belauscht hatte. Ich solle nicht gleich von vorneweg „nein" sagen. Er arbeite in einem Puff. (Hier dachte ich tatsächlich schon an Rückzug, blieb aber da.) Sie hätten auch eine eigene Sexhotline, seien aber zurzeit sehr überlastet. (Mir schwante Schlimmes.) Meine Stimme sei für eine Frau eher tief und samt. Ob ich einen Job hätte oder vielleicht noch einen Nebenjob suchen würde? „Ich, äh, ich mache noch eine Schule, aber ich…" Er schüttelte beruhigend den Kopf, gab mir seine Karte und meinte: „Komm heute um 20 Uhr da vorbei und frag nach Manuel."

Neugierig wie ich war/bin, bin ich da tatsächlich aufgetaucht. Manuel erklärte mir kurz die Spielregeln: niemals den echten Namen verraten, Adresse oder gar Telefonnummer, so viele wie möglich pro Abend, denn nur die ersten Minuten seien teuer, und Provision. Leute, was glaubt ihr? Wie lange habe ich gehemmte, mittlerweile Wieder-Jungfrau nach Gefühl, das Spielchen mitgespielt?

40 Sekunden. Danach war Schluss. Der Herr am anderen Ende war zwar sehr nett und wollte auch gleich kommen. Also zur Sache. Aber ich konnte mich einfach nicht dazu erweichen (oder besser: erheizen), am Telefon herumzustöhnen, ohne visuelle oder akustische Reize (der Herr hatte nämlich nicht wirklich eine derer Stimmen, die mich persönlich zum Schwingen bringen). Er fragte mich also, was ich anhabe und ob ich es nicht ausziehen wolle. Klar wollte ich – oder besser: musste ich – aber was sollte ich ihm denn sagen? Schlussendlich war ich wohl zu stammelig und still. Er legte auf. Eigentlich hätte ich den ganzen Abend so weitermachen sollen – wenn nämlich jeder nach 30 bis 40 Sekunden aufgelegt hätte, wäre wohl am Ende des Tages der Rekord an Anzahl Anrufe durchbrochen worden. Aber leider würden die Typen wohl nicht nochmals anrufen und das ist ja auch nicht wünschenswert.

Deswegen habe ich nach diesem einen Telefon den Hörer in die Gabel und die Flinte ins Korn geworfen und stand ab sofort nur noch für private erotische Flüstereien zur Verfügung.

Nur einmal, hat mich diese Erfahrung noch eingeholt. Da stand ich – lustigerweise wieder vor dem gleichen Supermarkt – und wartete auf meinen Arbeitskollegen, der noch kurz Zigaretten besorgen wollte. Da klingelte nebenan das öffentliche Münztelefon der Bushaltestelle. Verwirrt blickte ich mich um. Machte sich da jemand einen Spass? Früher hatten wir in Bern den Loebegge und da das Loebegge-Telefon, das, vor allem in Zeiten in denen es noch keine Handys gab, vielen Zuspätkommern das Leben gerettet hatte.
Wollte vielleicht jemand jemandem der in der Nähe war, etwas Wichtiges mitteilen? Ich stand da zwar ganz alleine, aber antworten konnte ich ja mal. „Ja?"
„Bist du geil?" Eine Männerstimme.
„Was bin ich?"
„Ob du geil bist?"
„Sorry Mann, du bist hier mit einem öffentlichen Münztelefon verbunden und deshalb wohl kreuzfalsch!"
„Nein, ich bin ganz richtig! Ich will wissen, ob du geil bist?"
Da klingelte es dann auch bei mir. Das war ein armer kleiner Perversling, der nur gerne einen Dirty-Talk mit einer Unbekannten führen wollte.

Ich gab ihm meine alte Sex-Hotline-Nummer um ihm einerseits eine Freude machen zu können und andererseits meinen peinlichen Einsatz von damals etwas auszubügeln. Ich hoffe, er konnte den Mädels einen schönen Umsatz bescheren!

Da fällt mir gerade ein, dass ich einmal - in Zeiten in denen ich noch völlig ahnungslos und hoffnungslos naiv war; also kürzlich

- mich in einen Chatroom für Singles verlaufen... äh, verklickt hatte. Sofort schrieb mich einer an: "Bisch spiez?". Ah, dachte ich mir, einer aus der Nähe. "Nein, aber ich wohne nicht weit weg.", antwortete ich. "Nei, bisch spiez?" schrieb der Typ zurück. "Nö, ich wohne nicht im Oberland, sondern in der Stadt. Bist du von Spiez selber?" "Bisch SPIEZ will ich wissen!" Langsam tauchten einige Fragezeichen über meinem Köpfchen auf. Was wollte der Typ? Ich wohnte nun mal nicht im Berner Oberland, weder in noch in der Nähe von Spiez. Kurzentschlossen loggte ich mich aus.

Jahre später begriff ich; er hatte mich gefragt, ob ich "spitz", also "geil" sei. Und ich dachte, er redet vom Ort "Spiez"...

Ups.

Warum passiert so Zeug eigentlich immer mir?

Zu diesem Thema fällt mir eine andere Anekdote ein. Ich weiss, dass es eine ziemlich hohe Grauziffer gibt, von den Leuten, die darauf stehen, einander eben schmutzige Sachen ins Ohr zu flüstern oder über den Lärm der Peitsche zuzuschreien.
Leider kommen mir da meine Hemmung und mein Humor etwas in den Weg. Einer meiner letzten Bettgesellen kann da ein Lied von singen! Der stand nämlich auf solche Talks, das heizte ihm richtig ein. Ich versuchte, meine Stimme so zu sexysieren, dass ich dafür im Gegenzug nicht allzu untergürtellinige Auswürfe gebrauchen musste. Aber da habe ich mich einmal um Hals und Kopf geredet, als ich gerade meine Tage hatte. Der Spruch „ein echter Seemann sticht auch ins rote Meer" wurde noch mit einem kleinen Schmunzeln quittiert. Aber mein Kommentar, wenn er weiterhin so lustige Sachen (aus seiner Sicht eben dirty)

sagen würde, müsste ich so fest lachen, dass mein O.B. (heisst übrigens Ohne Binde, wer hätte das gedacht?!) wie ein Wurfgeschoss aus mir herausschiessen und sicherlich in der gegenüberliegenden Wand feststecken bliebe.

Wir lassen dieses Bild einmal kommentarlos auf uns wirken.
Er fand das nicht annähernd so lustig. Ich finde die Vorstellung, mit meinem O.B. jemanden mit grossem Druck erschiessen zu können, weiterhin sehr amüsant. Aber das ist eben mein verquerer Humor. Ich weiss, ich weiss. Aber tief in uns allen steckt doch wenigstens ein kleines Teilchen, das mein Amüsement teilen kann, oder?

Demonstrativ habe ich im Bad eine Postkarte stehen, zweigeteilt. Oben: ein Schaf, das denkt: „Wenn ich gross bin, möchte ich ein Designerpulli werden." Unten: ein O.B. das denkt „Verdammt!".

Hihihi…

Um aber überhaupt soweit zu kommen, mit jemandem intimeres Vokabular austauschen zu können, muss man zuerst mal die Kennenlernphase einläuten, durchziehen und möglichst unbeschadet überstehen. Eine hochgezogene Augenbraue sind meine dazugehörigen Stories allemal wert.

Da war ich mit einer guten Bekannten an einem Strand, der war so voll, dass nicht mal mehr ein normales Handtuch seinen Platz finden konnte. Trotzdem spannten wir den Sonnenschirm auf – schön leuchtend rot mit Punkten, damit wir später unseren Platz auch wieder finden würden – und legten uns hin. Bei der ersten kleinen Böe gab die Verankerung nach und unser Superschirm flog in hohem Bogen … direkt auf die schlafenden Typen die hinter uns ihr Plätzchen erobert hatten.

Zuerst grosses Durcheinander, wer wie was wo warum? Schliesslich erkannten wir mit unserer ausgeprägten Bildung, auf die wir neben absolut unschlagbarem Charme, und tiefster Bescheidenheit sehr stolz sind, dass die Männer Französisch sprachen und sich nun für uns zu interessieren schienen.

Mir hatte sich ein richtiger Hecht zugewandt, den ich nach erster Einschätzung als möglichen Flirt-Kandidaten in Betracht zog. Leider litt ich umgehend wieder unter Stammelitis. Damit der Typ das nicht merkte, übersetzte meine Freundin mir alles was er sagte – obwohl ich selber auch Französisch spreche. So hatte ich Zeit, mir zu überlegen, was ich jetzt am besten antworten würde. Meine Begleiterin half mir dann auch immer wieder aus der Patsche mit guten Vorschlägen.

Tatsächlich war unsere Dolmetscher-Tour erfolgreich; der Franzose wollte mit mir spazieren gehen. Da mir klar war, dass ihm klar sein musste, dass ich mich mit ihm nicht unterhalten könne, ging ich dann doch nicht mit.

Ich bin nicht die Typin für One-Night-Stands. Jedenfalls nicht in Frankreich am Strand. Wir fuhren nämlich eine Stunde später weiter, Richtung Italien.

Da ist mir dann auch filmreif jegliche Grazie abhanden gekommen. Auf unerklärliche Weise, fiel mir der spitze Teil des Sonnenschirms direkt auf die Stelle zwischen dem rechten Grossen-, und dem Nachbarzeh und hinterliess ein ansehnliches Loch. Beim zum-Zelt-humpeln blieb ich dann mit dem anderen Fuss an genau derselben Stelle an einem Hering hängen. Für meinen Sommerurlaub hiess das, keine Flipflops mehr. Das ist nicht mehr tollpatschig (was übrigens an diesen Pännchen so „toll" sein soll, hat sich mir bis heute nicht erschlossen).

Ich kann aber auch ohne jegliche Verletzung ziemlich ungraziös erscheinen. Erzählenswert ist hier die Geschichte, in der meine Freundin und ich in London Silvester verbrachten (immer noch die gleiche Freundin und das gleiche Silvester) und aber aus irgendeinem Grund nirgends rein kamen.
Entweder brauchte man Tickets – hatten wir nicht.
Zu voll – also die Discos – konnten wir nicht.
Gegen 2 Uhr morgens dann das rettende Bild: eine Bar mit lauter Musik schien sich langsam zu leeren. Auf unser Eintrittsbegehr fragte der Türsteher: „Do you know, it's a gay bar?[8]" Nein, wussten wir nicht. Also weiter.
Höhepunkt war ein spontanes Konzert in einer kleinen Zwischengasse von einem Saxophonisten, der sich – mit einem Seil gesichert – aus dem Fenster im ersten Stock lehnte und mit einem Pianisten (könnte auch eine Frau gewesen sein) irgendein Jazzstück spielte. Schön.
Weiter war nichts mehr an Ausgehmöglichkeit zu finden. Da in dieser Nacht die Busse gratis fuhren, steuerten wir zielgerade auf unsere Nummer zu, die nach Paddington fahren sollte. Nach einer halben Stunde Fahrt fragte ich mich langsam, ob wir tatsächlich vorher so weit gelaufen waren oder ob wir vielleicht….
Ausser uns waren nur drei Männer im Bus. Hübsche Männer. Also wieder eine Überwindungsprüfung für mich. Nach einmal tief durchatmen fragte ich einen der Drei, ob er mir auf meiner Karte von London zeigen könnte, wo wir seien. Wir müssten nach Paddington.
Er lachte nur, sprach in irgendeiner mir unbekannten Sprache auf seine Begleiter ein und meinte dann nur furztrocken: „Lady, you're long way out of the map![9]"

Oh … na toll … halb vier Uhr morgens irgendwo in der Agglomeration von London.

....
8   *"Wisst ihr, dass dies hier eine Bar für Homosexuelle ist?"*
9   *"Mädchen, ihr seit schon lange ausserhalb der Karte!"*

Meine Schimpftirade – natürlich im breitesten Berndeutsch – liess die Typen wohl zu dem Entschluss kommen, dass sie sich mit uns nicht weiter beschäftigen wollten. Die fehlende Grazie und nicht erkennbare Hilflosigkeit waren wohl ausschlaggebend. Raus aus dem Bus, andere Strassenseite und im Regen gewartet. Wir waren dann zum Frühstück wieder im Hotel.

Auch immer nett ist, wenn man zu zweit weg geht, aber, kaum hat man die Disco betreten, schon wieder alleine unterwegs ist. Die Theorie (meistens aufgestellt von Männern), dass immer eine hübsche und eine nichtsoganz hübsche Frau zusammen weggehen, greift eigentlich immer. Selten sind zwei genaugleich aussehende Frauen unterwegs. (Ausser, sie seien eineiige Zwillinge, aber lassen wir das...) Eine trifft immer mehr den Geschmack des Einen. Natürliches Gesetz. Das hat eigentlich nichts mit Schönheit sondern mit Vorlieben zu tun. Ein Praxisbeispiel: Ich gehe mit einer guten Freundin weg. Sie ist etwas kleiner und schlanker als ich. Beide braunhaarig, ich Brillenträgerin, sie nicht. Da kommt ein Typ, der steht auf etwas kleinere und schlankere Frauen als ich es bin und mag sie auch ein bisschen mehr als Brillenträgerinnen. Wen wird er wohl ansprechen? Tadaa!
Dann gibt es auch Frauen, die eher dem Durchschnittsgeschmack der Männer entsprechen, die werden dementsprechend häufiger angesprochen. Soweit, so klar, ja?
Nun stellt euch vor, ich gehe in die Disco, meine Freundin lässt diese umgehend in hellem Glanz erstrahlen und wird sofort in Beschlag genommen: „Willst du etwas trinken?" „Wie heisst du?" „Woher kommst du?" undsoweiter. Echte Freundinnen (und ich habe nur solche!) vergewissern sich, dass es für mich ok ist, wenn sie in die unerfindlichen Gefilde der Stroboskop- und Nebelmaschinen entschwinden oder packen mich einfach und nehmen mich mit. Das endet dann meist in peinlichem-Danebenstehen und unschuldig über alle Schultern zu blicken. In der Hoffnung,

dem Typen – der natürlich eindringlich begutachtet und dessen positiven Absichten als wahrscheinlich eingestuft wurde – meine Freundin mit meiner Anwesenheit nicht zu vermiesen.

Mehr als einmal habe ich auch am eigenen Leib erlebt, dass nur das pure Angesprochen-werden so viele Glückshormone ausschütten kann, dass man noch ein paar Klatsch-Runden davon leben kann. Wann immer eine meiner Mädels mal wieder eine Aufmunterung gebrauchen kann und weder meine Elefanten-Witze noch Schulter helfen kann, schleppe ich sie in eine Bar mit ansprechfreudigen Männern. Wenn es sein muss auch mal in einen Club mit den eingebauten Stangen.

Prompt wurde meine Freundin da vom Inhaber in Beschlag genommen, mit Drinks und Komplimenten zugeschüttet, während dem man mir Knabberzeugs entgegen streckte, um mich zum Schweigen zu bringen. Meine Begleiterin hegte schon länger den Wunsch „da unten mal ein bisschen zu spionieren". Mal sehen, wie das so geht, wenn die Stangenkünstlerinnen Privatvorstellungen geben. Der Eigentümer schleppte uns also „runter", spendierte Champagner (also ihr) und führte sie gemächlich durch die Gemächer. Ich wurde währenddessen an der Bar angesprochen. „Willst du etwas trinken?" „Wie heisst du?" „Woher kommst du?" „Du hast schöne Augen." Obwohl ich mich äusserst geschmeichelt fühlte, liess ich die Dame - jap - nicht abtanzen sondern flüchtete – da ist er wieder, mein angeborener Reflex! - nach „oben".

Schlussendlich hatten wir keinen einzigen Cent ausgegeben – obwohl wir es gar nicht aufs Schmarotzen abgesehen hatten – meine Freundin war mit Glücksgefühlen aufgeputscht, fühlte sich in ihrem Marktwert bestätigt und konnte sich wieder mit gutem Schwung ins Alltagsgewühl stürzen.

Ich weiss nicht, ob der Inhaber sich den Ausgang des Abends – der Nacht wohl eher – so ausgemalt hatte, aber wer sich so aufdrängt, der muss auch mal bluten...

Bettgeschichten

A message of love
In a bottle in the sea
Is waiting to be found
To be found by you

༶

Eine Nachricht der Liebe
In einer Flasche im Meer
Wartet darauf, gefunden zu werden
Gefunden zu werden von dir

༶

E Nachricht vor Liebi
Ire Fläsche im Meer,
Wartet druuf, gfunde z'wärde
Gfunde z'wärde vo dir

Am einfachsten ist es ja, wenn man Männer über Bekannte kennen lernt. Dann kann man meistens davon ausgehen, auf einer ähnlichen oder zumindest nicht zu weit entfernten Wellenlinie zu schwimmen. Aber da bin ich meistens irgendwie der Kumpeltyp. Gross, schwammige Figur, deftige Sprüche.

Ich merke sofort den Unterschied, wenn ich mal meine Wimpern anmale oder Deckfarbe über die Wangen pinsle. Dazu noch schicke Schühchen – wenn möglich ohne Absatz, sonst bin ich ja noch grösser – und Ausgeh-Kleidung; da dreht sich schon mal einer nach mir um.

Ist ja auch nicht so, dass ich mich so verkleidet fühlen würde – es gefällt mir ja schon. Alltagstauglich ist es nicht. Aber genau das müsste doch eine Beziehung sein; Alltagstauglich.

Nach der ersten Verliebtheitsphase muss dem Pärchen doch klar sein, dass die nächste Stufe anbricht. Macken, Ecken und Kanten werden nun nicht mehr als härzig[10] und anziehend empfunden, sondern nerven plötzlich. Wäre es eine Variante, die Macken nicht als solche zu begreifen, sondern als Special-Effects? Klingt doch schon viel positiver und ansprechender, nicht?

Meine kreativen Phasen, in denen ich nachts aufwache und einen ganzen Songtext hervorzaubere, über meine Erlebnisse schreibe, oder tagsüber aus irgendeinem Anflug eine Überraschung für meinen Partner plane und durchziehe, sind plötzlich peinlich („Nicht vor all den Leuten, Schatz!"), störend („Mach das verdammte Licht aus, ich will schlafen!") oder auch einfach nur komisch („Ist das normal?").

Im Gegenzug finde ich aus heiterhellem Himmel seinen Putzfimmel öde, seine Pornosammlung nicht mehr originell und seine Unpünktlichkeit nicht mehr so unschlimm. Toleranz und Kompromissfähigkeit sind gefragt. Ob sie antworten können?

süss, niedlich

Ich hatte mir mal überlegt, dass ich ihm (na ja, „ihm" halt) pro Woche einen so genannten „Off"-Tag zugestehen könnte.

Da könnte er in einer Situation, die ihn stört oder nervt, den Off-Button drücken und ich lasse ihn in Ruhe. Das kann sein, wenn er Fussball schauen will – ich gucke ja normalerweise mit, aber nicht immer – und ich am Telefon mit einer Freundin quassle.

Ja, ich würde das Gespräch auf einen anderen Tag verschieben – insofern sich das Problem räumlich nicht lösen liesse.

Oder wenn ich mit ihm streite, weil er eben nach dem Ausgang mit seinen Kumpels, wieder viel später nach Hause gekommen ist, als er ursprünglich angekündigt hatte – ich gebe meinen Freunden nie eine Zeit vor, die sie zu Hause sein müssen; sie sollen selber verbindliche Ansagen machen – dann kann er (wenn's ihm im Suff noch einfällt, natürlich) die Auseinandersetzung unterbrechen.

Der Hintergedanke ist, dass er für mich merken kann/soll, wenn ich ins Subjektive abrutsche, die Situation nicht mehr nüchtern betrachte sondern emotional auf mich beziehe, mich durch Taten und Worte verletzt fühle, die gar nicht begangen/gesagt wurden. Manchmal braucht es eine gewisse Distanz, um näher auf eine Sache eingehen zu können.

Nachdem ich mal einem Nachtmitbewohner den Vorschlag unterbreitet hatte, dieses Off-Button-Experiment zu wagen, meinte der nur: „Ich finde nicht, dass das nötig ist. Schliesslich ist es selbstverständlich, dass du nicht im Wohnzimmer telefonierst, wenn ich Boxen schaue. Für das haben wir die Küche oder Schlafzimmer. Büro haben wir auch, da kannst du die Tür zumachen und dann kriegt niemand etwas mit. Da kannst du quatschen solange wie du willst." Ich denke, er hatte den Sinn meiner Idee nicht ganz verstanden.

Na ja, laufe ich halt ständig auf On.

Im Gegensatz zu ihm, möchte ich in einer Beziehung Selbstverständlichkeiten vermeiden. Wenn ich meinem Freund ein Bier hole reagiert er in der Verliebtheitsphase mit unendlicher Dankbarkeit und Lobeshymnen auf mich.

Ein Jahr später kann ich den unterschwelligen Befehlston in seiner Stimme nicht mehr überhören und weigere mich halt, die Pullenträgerin zu spielen.

Lieber kaufe ich ihm eine kleine Kühltruhe, die er vor dem Spiel selber füllen muss. Hoffentlich nervt ihn diese Überraschung nicht.

Jeder Tag in einer Beziehung sollte spannend sein. Natürlich kann man nicht täglich Unerwartetes aus dem Hut zaubern, aber ich bin der Meinung, dass Gewohnheit der Tod einer funktionierenden Beziehung sein kann. Die bleibt dann meistens nur bestehen, weil niemand aus der Gewohnheit ausbrechen will. Eine Zweckgemeinschaft also.

Das will ich nie haben! Lieber überlege ich mir kleine Aufmerksamkeiten wie Post-It am Kühlschrank mit „Liebe dich, Milch ist alle", in der Mittagspause nach Hause stürmen – am besten mit einem „geborgten" Velo für den Extrakick – dem Herzallerliebsten einen leidenschaftlichen Kuss aufdrücken und ohne ein Wort wieder verschwinden, oder auch mal einfach nur lieb sein.

Bevor man aber auf eine jahrelange Beziehung zurückschaut und sich Mühe gibt (geben sollte), muss man sich diese zuerst aufbauen. Die Reihenfolge ist mir absolut klar.

Ich bin mittlerweile etwas weiter, als der erste Kuss und DVD's. Da fällt mir ein: Ich habe euch ja noch gar nicht von meiner zweiten DVD-Erfahrung erzählt! Na das wäre ja ein Versäumnis sondergleichen! Ich hatte nämlich einen früheren Kollegen – ehemaliger Schlagzeuger einer der Bands, in der ich mich austoben konnte – der zog ins Wallis, um Häuser und Schneebars zu bauen und lud mich immer wieder ein, ihn in seinem Chalet zu besuchen. Im Sommer waren wir viel mit den Motorrädern unterwegs und im Winter mit den Boards. Selbstverständlich liess ich mir sein neues Zuhause nicht entgehen!

An einem verschneiten Wintertag waren er, seine Freundin und ich erst spät essen gegangen, denn ich durfte bei ihnen übernachten. Am nächsten Tag stieg in der Nähe ein Riesenopenair und ich hatte Tickets! In seiner Zweiraumwohnung hatte er nebst dem Sofa noch eine Hängematte aufgespannt, die ich sofort in Beschlag nahm. Irgendwann liefen nur noch blöde Werbungen und Quizzes im TV. Wir begannen darüber Witze zu machen, dass wir uns ja einen Porno ansehen könnten. Schliesslich holte er tatsächlich einen Film hervor. Schon wieder Schulfernsehen: „Kamasutra leicht gemacht" oder so.

Er schmiss ihn rein und drückte Play.

Ich wusste nicht recht, wie ich mich verhalten sollte, schliesslich war seine Freundin da, und ich irgendwie überflüssig. Aber die beiden fingen sofort an zu lachen. Also hatten sie dasselbe Interesse wie ich an dem Film – sich über die komischen Figuren und Verrenkungen totlachen und keineswegs erotische Stimmung aufkommen zu lassen.

Nach Handstandtraining, Brückenschlagen und von der Decke hängen, hatten die beiden genug und gingen ins Bett – also mein Freund und seine -in. Ich war hellwach und wollte mir das Zeug noch weiter ansehen. Weder Mister noch Miss Kamasutra waren Hübschheiten, aber die Anstrengungen die nötig waren, überhaupt in Position zu kommen, waren einfach zu komisch!

Bei einer Szene verzog der Typ dann sein Gesicht so fest, dass ihm fast die Augen aus den Höhlen kullerten, die Lippen aussahen wie selbst aufbotoxiert und Schweiss nur so aus sämtlichen Poren schoss. Sofort musste ich mich ruckartig anspannen um nicht in lautes Gelächter auszubrechen. BAMM! Da lag ich auch schon auf dem Boden. Diese verflixte Hängematte hielt aber auch nichts aus! Da war ich tatsächlich in hohem Bogen mit einer 180° Drehung aus dem Teil gepickt worden und ohne Umweg auf den Boden geknallt.

Anstatt in Tränen zu ertrinken, Schmerzenslaute oder überhaupt irgendein Geräusch von mir zu geben, brach ich in möglichst leises Gekicher aus. Mein ganzer Körper zitterte. Meine Kiefermuskeln waren so angespannt, dass ich fürchten musste, sie nie mehr auseinander zu bringen. Ich schüttelte den Kopf ob diesem Missgeschick, das wieder nur mir hatte passieren können, als mein Neo-Walliser und Anhang schon ins Zimmer stürzten. Der BAMM-Lärm hatte wohl seine Wirkung nicht verfehlt. „Ist alles in Ordnung?" „Was ist denn passiert?" „Hast du dir wehgetan?" Ich konnte nur den Kopf weiterschütteln, zum Reden war ich noch absolut unfähig. Wer bitte fällt denn beim Kamasutra gucken aus der Hängematte? Wer bitteschön sieht sich denn Kamasutra in der Hängematte an? Wie erkläre ich jetzt die gebrochene Nase (im Nachhinein zum Glück nur geprellt) meiner Versicherung?

„Liebe (die Schweizer wissen schon, wen ich meine). Ich…war…gerade…beim…Kamasutra…-unterricht…als…ich…plötzlich"…..nein Leute! Da wäre ich doch das Gespött der ganzen Schweiz geworden; denn dieses Szenario wäre gewiss ein Werbeplakat wert gewesen!

Nun, seither bin ich jedenfalls vorsichtiger wenn ich DVD's mit erotischem Inhalt schaue: keine Hängematten, keine spitzen oder scharfen Gegenstände in der Nähe, sowie Helmpflicht. Am Besten, ich lege mich – wenn überhaupt – gleich auf den Boden.

Von der Theorie aus DVD's, Büchern und TV-Dokumentationen zur Praxis ist es ein langer Weg.

Ich hatte schon ein paar Dates, die aber aus irgendeinem kuriosen Grund selten so verlaufen sind, wie ich mir das ausgemalt hatte. So zum Beispiel mein erstes Blind-Date.

Ich war knapp fünfzehn Jahre jung und dachte damals schon,

dass ich jetzt unbedingt einen Freund haben müsste. Also bin ich online – spart Zeit und Kosten – gegangen und habe in einem grossen Chat mit einigen Typen kommuniziert. Einer hat mich besonders angesprochen. Er schrieb, er sei aus Kanada und vor kurzem mit seinen Eltern in die Schweiz eingewandert. Daher kenne er auch noch niemanden. Früher habe er Football und Basketball gespielt, musste aber mit Zweiterem aufhören, weil er mit seinen 185 cm etwas zu klein war. Er würde gerne etwas mit mir unternehmen, vielleicht etwas essen gehen und dann ins Kino. Trotz meiner absolut vollen Hose habe ich zu einem Blind-Date zugesagt; er würde von Zürich mit dem Zug nach Bern kommen und ich beim Kiosk auf der linken Seite vor dem Ausgang auf ihn warten.

Da stand ich nun. Auf dem Display erschien die Mitteilung, dass der Schnellzug aus Zürich angekommen sei – jetzt wurde es ernst. Als ich nach zehn Minuten wieder fast alleine im Bahnhof stand, kroch in mir langsam der Verdacht hoch, dass der Typ mich ins Messer hat laufen lassen, jetzt irgendwo in einer Bar sitzt und sich über das doofe Mädchen lustig macht, das wie angewurzelt im Bahnhof Bern auf ihn wartet.

Ich wollte schon wieder in Richtung meiner Bushaltestelle gehen, als mich ein kleiner Mann mit einer Rose im Arm an meiner Jacke zupfte.

„Excuse me, are you Stefanie?"
„Ähem, yes I am. Who are you?"
„Uh, I guess we have a date. I'm Hans (ich weiss den Namen wirklich nicht mehr); we had a chat yesterday."

Ich besah mir den Typen etwas näher – etwa einen Kopf kleiner als ich, tamilisch aussehend, halb so breit wie ich und in einem Satinhemd mit anscheinend traditionellem Muster. Wo war mein Footballspieler? Mein grosser Held aus Kanada? Verdammt! Der hatte mich so was von verarscht!

Zu diesem Zeitpunkt konnte ich den Typen aber nicht mehr zurückschicken, immerhin hatte er mir eine Rose mitgebracht und war von Zürich nach Bern gereist. Die Kinotickets hatte ich auch schon gekauft. Wir mussten wohl oder übel unser Date durchstehen. Vielleicht war er ja ganz nett?

Ich muss an dieser Stelle klarstellen, dass ich absolut kein Problem mit Menschen tamilischer Herkunft habe – sie sind einfach nicht mein Typ – ausserdem habe ich noch keinen Tamilen mit wirklich tiefer Stimme getroffen, aber lassen wir das.

Jedenfalls gingen wir ins Restaurant und ich verbrachte die gesamte Zeit damit, möglichst viel Brot in mich hineinzuschieben um wenig bis gar nicht reden zu müssen. Irgendwie haben wir auch die Zeit bis zum Filmanfang herumgebracht und latschten schliesslich zum Kino. Ich hatte vorsorglich Plätze in der hintersten Reihe, Mitte, reservieren lassen, sollte der Typ mit mir knutschen wollen. Dramatischerweise war das auch seine Absicht! Während ein hässlicher Kojote irgendeinen Song über den Mond sang, hörte ich knapp neben meinem Ohr: „Willscht du mich kussen?" Ich drehte mich abrupt um: „Was?!" „Willscht du mich kussen? You wanna kiss me?" Ich wehrte ihn mit einem „No, thanks" ab, schwafelte irgendetwas von Toilette, packte meine Rose, Tasche und huschte aus dem Kinosaal. Weg war ich – über alle Berge!

Mission gescheitert …

Einige Monate später habe ich dann dem Blind-Date - nicht dem Typen! - nochmals eine Chance gegeben und habe mich mit einem Berner getroffen. Doch schon kurz nach dem „Hallo" sagen – noch nie hatte ich so eine steife Begrüssung erlebt, der hatte mir mit seinen Wangenknochen fast das Jochbein zertrümmert – wusste ich, dass dieser Typ nicht zu mir passte. Er kritisierte umgehend mein damaliges Laster (rauchen) und hielt mir einen Vortrag über die gesundheitlichen Schäden, die gängigen Wirtschafts- sowie das Umweltproblem. Mich interessierte die Diskussion mit ihm nicht gross – nicht zu verwechseln mit den Themen – weshalb ich zu einfacheren Punkten überging: Essen und Fussball. Aber der Typ hatte wohl Blut geleckt. Den ganzen Abend versuchte er, mich in den Boden zu argumentieren, alles besser zu wissen als ich und mir jeden Versuch eines Witzes mit einem „kenn' ich schon!" zu vermiesen.

Ihr denkt jetzt, dass ich diesen Typ schnellstmöglich zur Hölle geschickt habe und nach Hause gestakt bin? Falsch! Beim Fruchtdrink nach Mitternacht schnappte sich das Bürschchen plötzlich meine Hände und redete auf mich ein. Ich verstand nur Gesprächsfetzen. Mein Hirn registrierte folgende Aussagen: „du bist" „Traumfrau" „wieder sehen" „wunderschöner Abend" „küssen". Hä? Waren wir auf dem gleichen Date?
Hier zog ich die Notbremse! Höflich aber bestimmt sah ich zu, dass meine Hände wieder in meinen Bestimmungsbereich gelangten und erklärte meinem Gegenüber, dass ich leider nicht die selben Gedanken hätte, ich im Gegenteil der Meinung sei, dass wir verschiedener nicht sein könnten und schon der erste Streit im Anmarsch sei. Ich gedächte nicht, ihn wieder zu sehen. Wenn ich will kann ich ganz schön hochgestochen palavern. Der muss gar nicht meinen!
Er liess den Kopf hängen und fragte, ob er mich wenigstens nach Hause fahren dürfe. Ich war mir zuerst unsicher, immerhin hört man ja immer wieder Geschichten von entführten Mädels und aufsässigen Typen. Aber da er wusste, dass ich aktiv Sport betrieb und kürzlich den blauen Gurt im Judo gemacht hatte, dachte ich mir, dass er keine Mätzchen wagen würde. Der letzte Bus hatte bereits die Kurve gemacht. Ich leider nicht. Also folgte ich ihm zu seiner Karre, liess mir die Tür aufhalten und mich nach Hause kutschieren. Vor der Haustür fragte mich mein Date nochmals, ob ich es mir nicht doch überlegen wolle. Ich unterbrach ihn

sofort und machte ihm klar, dass ich mich nicht auf weitere Diskussionen einliesse. Er wollte wissen, ob ich ihn wenigstens noch küssen würde. Das war das Letzte das ich hörte, bevor ich seine Tür kräftig zuknallte. Also keine Blind-Dates mehr.

Zugegeben, ab und an stöbere ich noch im Internet auf Partnerschaftsseiten herum, um mich über die aktuelle Marktlage zu erkundigen. Mein Lieblingsinserat ist und bleibt: „Krümelmonster sucht Keks zum krümeln."

Aber auch mit herkömmlichen Dates – zum Beispiel durch Freunde organisiert oder gar selber auf die Beine gestellt – hatte ich bisher kein Glück.

Ein Freund einer mir bekannten Musikerin gefiel mir auf Anhieb und schon hatte ich es so gedeichselt, dass wir zusammen Bowlen gehen konnten. Respektive meine Musikkameradin hatte sofort geschnallt, dass der mir gefällt und sich zum Ziel gesetzt, uns zu verkuppeln. Das ist äusserst praktisch, denn ich, als Schüchternheit in Person wenn's ernst wird, muss nicht den ersten Schritt machen und auch mit keinem ersten Schritt meines Gegenübers umgehen. Sagt er ja, gefalle ich ihm logischerweise auch. Sagt er nein, muss ich ihn nie mehr wieder sehen, dafür hat meine Kameradin zu sorgen.

Unser Abend verlief nicht so, wie vorher angedacht. Ich weiss nicht, ob der Typ einfach aus Langeweile zugesagt hatte oder ob ich ihm ursprünglich mal gefallen hätte; er zeigte beim Treffen keinerlei Interesse. Weder an Smalltalk, am Bowling, noch an mir selber.
Wie verhält man sich in einer solchen Situation? Ich kann ja nicht einfach die Übung abbrechen und rausstürmen wie damals im Kino. Irgendwie gilt es doch, die unangenehme(n) Situati-

on(en) zu überbrücken und entweder eine möglichst angenehme Atmosphäre zu schaffen, oder die Ehrlichkeit zu besitzen, ihn darauf anzusprechen und herauszufinden, was überhaupt los ist. Klingt eigentlich ganz so, wie wenn ich wüsste, was es zu tun gibt. Trotzdem habe ich dann alles falsch gemacht, was es falsch zu machen gibt: ich habe gejubelt, wenn ich ein Dings hinten auf der Bahn getroffen habe, ich bin sehr unschön und ohne jegliche Grazie (schon wieder) mehrmals auf der Bahn ausgerutscht und habe dazu versucht (also nicht, während dem Umfallen, so multitaskingfähig bin nicht einmal ich!), Elefantenwitze zum Besten zu geben.

Schwimmt ein Elefant im Meer, als eine Maus den Strand entlangläuft: „Elefant! Komm ganz schnell aus dem Wasser!" Der Elefant – in Sorge, dass etwas Schlimmes passiert sei – stürmt aus dem Nass. „Was ist denn los?" fragt er ausser Atem. „Ach nichts", sagt die Maus. „Ich wollte nur wissen, ob du meine Badehosen anhast, ich find' meine nicht mehr."

Schlussendlich brach er nach dem zweiten Durchgang ab, machte mir klar, dass „es" nicht passte und verschwand auf Nimmerwiedersehen. Da sass ich nun und fühlte mich, wie wenn mir einer eine Ohrfeige verpasst hätte. War ich etwa auch so gemein zu meinem letzten Blind-Date gewesen? Nun, ich hatte wieder etwas gelernt.

Das neu Gelernte umzusetzen sollte nun mein nächster Plan sein. Auch wenn ich zwischendurch gerne Single bin – manchmal, ihr wisst schon… – wenn mir mal einer über den Weg läuft, mit dem ich mir das allseits bekannte „mehr" vorstellen kann, sollte ich möglichst nicht hinfallen, Deutsch sprechen können und dabei natürlich bleiben. Die ganzen Erkenntnisse konnte ich aber über den Haufen schmeissen, als ich meine erste grosse Liebe kennen gelernt habe.

Da sass er also plötzlich an unserem Stammtisch zwischen zwei meiner Kameraden und grinste frech. Der einzige freie Stuhl am ganzen Tisch stand ihm gegenüber. Ich sah ihn an. „Hoi" sagte er (wie in der Abhandlung über meinen Stimm-Vorliebe bereits eingehend besprochen). Ich beugte mich etwas hinunter und fragte ihn direkt (woher ich übrigens zu dem Zeitpunkt soviel Mut hatte und nicht wie sonst im Angesicht eines Mannes die Flucht ergriffen habe, weiss ich nicht – das müsste mal wissenschaftlich untersucht werden) ob der Platz noch frei sei. Er sah mich mit tollen grünen Augen an und erwiderte: „Na klar, wenn dich meine stinkigen Schweissfüsse auf deiner Seite nicht stören?"
Allgemeines Schweigen rundum. Ich zog die Augenbrauen zusammen und versuchte die Tragweite dieses verbalen Auswurfes meines Gegenübers einzuschätzen. Auch meine Kameraden sahen abwechselnd von ihm zu mir und wieder zurück. Schliesslich tröpfelte es aus meinem Mund: „Öhm, ne." Da begann er schallend zu lachen und attestierte mir, seinen Test bestanden zu haben. Anscheinend wollte er gleich zu Beginn abchecken, ob ich seinen Humor verstehe. Ab diesem Abend war ich verliebt. Punkt, aus. Er aber war vergeben, schon seit Jahren. Im Laufe der Wochen, während denen der Typ immer wieder an unseren Stammtisch kam, hatte ich mitbekommen, dass er aber in seiner Beziehung unglücklich ist. Da wusste ich, dass es meine einzige Aufgabe war, ihn glücklich zu machen.
Als einige Monate später unser ganzer Stammtisch, mit Ausnahme von uns beiden, auf eine Reise ging, tauschten wir dann schliesslich – endlich – Nummern aus und trafen uns ohne Zuschauer. Ab da mindestens zwei- bis dreimal in der Woche. Und tatsächlich, nach etwa einem halben Jahr machte er Schluss mit seiner Freundin. Denkt ihr, wir seien danach gleich zusammen-

gekommen? Weit gefehlt!

Wir verbrachten jedes Wochenende zusammen, er schlief auf meinem Bettsofa im Wohnzimmer. Passiert ist nix! Ich liess extra vorsorglich meine Schlafzimmertür weit offen, um ihm so eine nonverbale Einladung zukommen zu lassen. Und was machte er? NICHTS!

Jaja ich weiss. In der heutigen Zeit dürfen auch Frauen den ersten Schritt machen und müssen nicht darauf warten, dass der Mann die Initiative ergreift. Aber… das entspricht nicht meinem persönlichen Naturell. Ich verhalte mich nonverbal ziemlich transparent, und versuche, meinen Wünschen und Hoffnungen im Subtext Ausdruck zu geben. Vor dem direkten Weg habe ich einfach zu viel Respekt. So Manches kann schief gehen. Kaputt gemacht werden. Unwiderruflich verloren. Ich halte mir mit meinem feigen Getue immerhin noch ein Hintertürchen offen. Zurück zu meiner nonverbalen, offenen Tür-Auflass-Aufforderung:
Nichts passierte auch an dem Abend, an dem er nicht nach Hause wollte, als es am Bahnhof ans Verabschieden ging. Er stand da wie ein Häuflein Elend und jammerte etwas von wegen alleine nach Hause und Einsamkeit und so weiter und so fort. Und was sagte ich in meiner Blödheit? Nicht etwas Lockeres wie „Du kannst heute meine Arme leihen" oder „Der nächste Bus zu mir hat auch Platz für zwei", ich nahm auch nicht einfach seine Hand und bin mit ihm nach Hause gelaufen. Nein! Ich sagte: „You'll never walk alone!" grinste und lief davon, cool genug, vielleicht auch eher viel zu verunsichert, um einen Blick zurückzuwerfen. Der Junge stand da wie ein begossener Pudel und dachte darüber nach, was ich ihm jetzt eigentlich gesagt hatte.

Um ganz ehrlich zu sein, ich habe bis heute auch keine Ahnung! Das war bloss der Titel des Liedes, das mir zu dem Zeitpunkt gerade durch den Kopf ging (wie Kinomusik an den romantischen Stellen – Inhead-Radio). Er hingegen meinte später – als wir dann tatsächlich ein Paar geworden waren – ich hätte ihm genauso gut „Teigwarensalat" antworten können. Es hätte dasselbe bedeuten können.

❦

Ausgang. Party. Tanzen. Bier. Er & ich. Alles was das Herz begehrt. Ein bisschen miteinander spielen. Tiefe Blicke tauschen, einander aber keinesfalls berühren. Kurz bevor ich dann zum – für diesen Abend vielleicht – alles entscheidenden Angriff übergehen will, welcher grundsätzlich aus küssen und fummeln besteht, ist sein Bier leer. Der Abend ist für ihn vorläufig im Eimer.
Sofort schwindet das Interesse an seiner Freundin – mir! – und er widmet sich der jungen Dame an der Bar, um neues Bier zu ordern. Die will ich mir genauer ansehen. Blond – nicht das Bier. Schlank. Hübsch. Ausschnitt. Bauchnabelpiercing. Interessant.
Bestandesaufnahme meinerselbst: Blond? Nein. Schlank? Nein. Hübsch? Geschmackssache. Ausschnitt? Machbar. Bauchnabelpiercing. Auf die Schnelle schwierig.
Also, die Waffe der Frau ist zugleich meine stärkste aber auch Einzige – der Ausschnitt. Schnell hetze ich zu den Toiletten, nehme meine Nagelfeile hervor, die ich tatsächlich nur zufällig dabei habe, und reisse damit die Naht meines Tops auf, dessen Kragen noch Schlüsselbein versteckt. Nach einigen Minuten habe ich es geschafft; Mission-Top-zerreissen ist geglückt.. Dafür sind meine beiden Kanonen nun geladen und bereit, es der Schönheit zu zeigen.
Erhobenen Hauptes stolziere ich zur Bar und positioniere mich neben meinen Freund, der immer noch nicht hatte bestellen können. Also gekonnt hätte er schon, er wollte einfach nicht beim schwulen Barbesitzer, sondern bei ihr, denke ich. Sofort lehne ich mich neben ihm an die Bar, lege meine Kanonen schussbereit auf die Theke und bin darauf bedacht, ihn nicht anzusehen. Schliesslich ist ja eigentlich

er derjenige, der unbedingt bei dieser blöden Pflaume Bier bestellen will. Wie wenn sie meine Gedanken gehört hätte, kommt sie vom anderen Ende der Bar auf uns zu, schenkt mir ein ach so bezauberndes Lächeln (ich muss mir unbedingt dieselbe Zahnpasta kaufen wie die da hat!), beugt sich über die Theke um ihn besser verstehen zu können und hat somit auch ihre Waffen gewählt. Langsam werde ich säuerlich. Dezent, aber bestimmt drücke ich ihn zur Seite, stelle mich in voller Grösse vor dieser elenden Zicke auf, die mir nur meinen Freund ausspannen will, und sage: „Zwei!" „Zwei was?" Och, hat die ein zartes Stimmchen, so richtig zum Knuddeln. Aber mir macht das keinen Eindruck. „Zwei Bier, was sonst?!" dröhne ich in ihre Richtung. „Schliesslich kann weder ich noch mein Freund (selbstverständlich liegt die gesamte Betonung des Satzes auf „mein") Auto fahren, weshalb alkoholabstinent sein?". Sie grinst mich an und rückt die beiden Gläser in unser Sichtfeld – nicht, ohne unabsichtlich (wer's glaubt) etwas auf meinen neuen Ausschnitt zu verschütten ... Ein Seitenblick zu meinem völlig verstörten Freund zeigt mir, dass er unter dem Einfluss dieses Luders gestanden hat und vielleicht immer noch steht.

Ich zupfe meinen Schatz am Ärmel. Automatisch streckt er die Hand aus. Ich ergreife sie und ziehe ihn mitten ins Gewühl – Hauptsache weit weg von der Blonden. Sein Blondes hat er ja jetzt.

Nun dann, etwas später hat er nun vollends einen am Helm. Kleine Artikulationsschwierigkeiten zeichnen sich auch bei mir ab. Unser Geknutsche wird immer heftiger, bis wir beschliessen, dass es nun wohl Zeit wäre, nach Hause zu gehen. Hand in Hand übergeben wir uns im Moonliner, äh dem Moonliner, und fahren zu mir. Ist näher – sprich: wir sind schneller dort wo wir hinwollen – ins Bett. Das Unheil beginnt schon damit, dass wir im Moonliner nicht nebeneinander sitzen können, was bedeutet, dass unser Geküsse Abbruch nimmt und somit die Hitze wieder etwas weicht. Nun denn, egal. Die Grillmeisterin wird schon wieder anfeuern können. Wir kommen zu Hause an, rauchen eine Zigarette auf meinem Balkon – das ist so Tradition – er legt sich schon ins Bett, während ich noch ins Bad gehe. Dort wird meine mühsam frisierte Frisur betttauglich gemacht, sprich: alle Fremdkörper werden entfernt und möglichst alles klebrige Zeug herausgebürstet. Anschliessend noch ein paar dezente Parfümspuren zu den wichtigen Körperstellen gelegt – im Suff manchmal noch hilfreich – und dann aus der untersten Schublade noch schnell die vom Schweiss nassen Unterhöschen gewechselt in die spitzigsten Spitzen die es wohl geben kann – aus dem Online-Shop. Juhui, es kann losgehen.

So lasziv wie möglich hangle ich mich durch den Türrahmen, gehe auf Zehenspitzen ins Schlafzimmer und krieche auf mein Bett. Da liegt er und wartet nur auf mich. Ha du blöde blonde doofe Kuh, er liegt in MEINEM Bett. Ha! Langsam schiebe ich mich über ihn und setze zum Kuss an. Und was macht er? Er schnarcht mir entgegen. Ist tatsächlich eingeschlafen. Ein Engelein erscheint auf meiner rechten Schulter und sagt: „Och sieh ihn dir an, ist er nicht süss, wie er so unschuldig da liegt und im Reich der Träume umherirrt?". „Poff!" Steht das kleine Teufelchen auf der linken Schulter und meint: „Jaja, so unschuldig ist er nicht. Hast du nicht gesehen, wie er mit der Blonden geflirtet hat? Vielleicht träumt er gerade von der, wer weiss?". Mit einer kleinen Handbewegung kicke ich das weisse Etwas weg und wende mich nun wieder meinem richtigen Engel zu, der da vor mir liegt. Ein Plan ist gefasst. Ich lege mich neben ihn, atme tief ein, halte die Luft an und kneife ihn kurz aber fest in den Oberschenkel. Nichts. Er hat ja noch seine Jeans an. Super. Also nächster Plan: Jeans ausziehen und nochmals kneifen. Superplan!

Hier muss ich einfügen, dass mein damaliger Freund einer der Sorte „Knopfhosenträger" war. Ist ja weiter nicht schlimm, wäre ich nicht eine der Sorte „Knopfhosennichtaufkriegerinnen" (übrigens nichts gewalttätiges!) gewesen. Auch heute kann ich mich noch stundenlang damit vertörlen[11], einen Knopf aufzumachen an einer Hose, die nicht ich anhabe.

Also, ich mache mich an das erste Hindernis. Na, das flutscht ja so richtig raus. Zeitsparend also. Der zweite Knopf. Etwas Geknortze[12] und sonstiges Herumwerkeln ... der Dritte. Etwas mehr Geknortze... der Vierte. Grosses Geknortze... oh nein, er bewegt sich, habe ich ihn geweckt? Das würde meinen ganzen Superplan durchkreuzen. Und? Nein, er kratzt sich nur kurz irgendwo und liegt dann wieder genau so da wie vorhin. Also, der fünfte und letzte Knopf... aarrgh... und YES! Na warte Bürschen! Die Hose ist offen! Behutsam ziehe ich sie ihm aus. Da kommen zwei prächtige Oberschenkel zum Vorschein, die nur darauf warten, von mir gekniffen zu werden. Juhui!
Ich lege mich wieder neben meinen Herzallerliebsten, atme tief ein, halte die Luft an und kneife ihn kurz aber fest in den Oberschenkel. „Autsch! Spinnst Du?!" dröhnt es mir entgegen. In Gedanken schüttle ich dem kleinen roten Männlein die Hand, aber jetzt setze ich einen verschlafenen Gesichtsausdruck auf und sehe ihn fragend an. „Was ist denn?" flüstere ich. „Jemand hat mich gekniffen!" stellt er scharfsinnig fest. Jemand? Ausser uns zweien ist keiner da. „Ich wars nicht." lüge ich geradeheraus (nur in Notsituationen wie diesen, natürlich). Er sieht mich verunsichert an und fragt sich wohl, ob er das Ganze nur geträumt hat. Ich hebe eine Augenbraue, was heissen soll: natürlich war ich's nicht, wie kommst du auf die Idee, dass ich so etwas tun würde?

Ja, ich weiss. Moralisch verwerflich, nicht zum Nachmachen geeignet und überhaupt unschön.
Nun, da er wieder wach ist, erinnert er sich wohl wieder daran, warum wir etwas früher als üblich die Disco verlassen hatten und fängt an zu strahlen. Er scheint gar nicht bemerkt zu haben, dass er seine

....
11 Zeit unnütz investieren
12 herumgefingere

Hose nicht mehr anhat… jedenfalls flitzen seine – by the way sehr kalten – Hände geradewegs unter meine Spitzen, wo sich umgehend kleine Eiskristalle bilden. Davon spüre ich gar nicht mehr viel, denn von all den Anstrengungen, seine Hose zu öffnen, bin ich verdammt müde geworden und schlummere trotz seiner kalten Hände auf meinem Bauch, schnell ein. Noch eine Zeitlang spüre ich, wie er zärtlich versucht, mich wieder richtig wach zu bekommen. Nach etwa einer halben Stunde gibt er auf, dreht sich auf die Seite und fängt wieder an zu schnarchen.

Was zwischenzeitlich passiert, weiss wohl nur das Sandmännchen oder mein voyeuristisch veranlagter Nachbar gegenüber.

Jedenfalls wache ich gegen 5 Uhr auf und merke, dass ich kalt habe. Der Morgen kündet sich schon mit einem schwachen Licht an, das durch mein Fenster fällt, weshalb ich die Ursache meiner Frostbeulen schnell eruiert habe: Er hat mir die Decke geklaut! Na sowas! Der Mister schläft friedlich vor sich hin, hat warm, und ich? Ich zupfe an dem Deckenende, das mir urheberrechtlich zustehen würde und warte darauf, dass irgendetwas in seinem Hirn den Durchgang freigibt und sagt: „Junge, du musst dein Bein heben, mit dem du die Decke eingeklemmt hast, damit deine hübsche, braunhaarige, kurvenreiche, attraktive Freundin (ich geb's ja zu…) auch noch etwas von der Decke haben kann."
Da das anscheinend nicht funktioniert, streichle ich ihm über die Wange. Das klappt – er dreht sich gegen mich und gibt die Decke frei. Supi! Doch was macht er denn? Er dreht sich weiter … auf den Bauch … und klemmt nun die Decke innen mit seinem Knie ein, das sich jetzt in meinen linken Oberschenkel bohrt. Nun denn, ich stehe auf und schnappe mir ein paar Schlabberhosen. Frau muss sich zu helfen wissen. Als ich mich wieder auf meinen Platz legen will, erkenne ich erst das Ausmass des Malheurs. Der feine Herr liegt diagonal auf meinem Bett – das eigentlich doch sehr gross ist/wäre – auf dem Bauch und hat seinen linken Arm von sich gestreckt. Genau

über den kleinen Teil des Bettes, der eigentlich für meine Wenigkeit vorgesehen wäre. Auf die andere Seite kann ich nicht wechseln, da dort seine Beine im Weg sind. Na warte mein Lieber, das ist MEIN Bett und du nur zu Besuch!

Ich knie mich neben ihn und streichle ihm sanft über den Rücken. Zwischendurch kitzle ich ihn etwas, damit er aus seinem Koma herausdämmert, aber nicht vollständig erwacht – ich will ja keine Schlafverderberin sein. Aha, er bewegt sich. Nun muss es schnell gehen; ich lege meine Hand zur Faust geballt unter seinen – momentan angehobenen – Brustkorb. Sobald er sich wieder zurück auf den Bauch drehen will, wird's unbequem und er wird sich – selbstverständlich ohne aufzuwachen – wieder wegdrehen, so dass ich wieder Platz habe. Gesagt getan. Und es funktioniert. Fast. Denn nun liegt er zwar auf dem Rücken, aber erstens hat er nun die Decke vollständig um sich gewickelt und zweitens liegt er da wie gekreuzigt. Immer noch kein Platz. Plan misslungen. So'n Mist! Also die altbewährte Methode: Ich drücke ihm am ganzen Gesicht unzählige Müntschis[13] auf. Bis er schliesslich ein Auge etwas öffnet, mir kurz einen blitzenden Blick zuwirft, sich auf seine Seite zurückdrehend, die Decke wieder freigibt und mir somit endlich die Gelegenheit, zu meinem mir eigentlich zustehenden Schlaf zu kommen. In diesem Sinne: gute Nacht.

Ein paar Tage später habe ich bei meinen Eltern Anspruch auf mein altes Duvet erhoben, welches seither als Notnagel unter dem Sofa auf seinen Einsatz wartet.

Nun, einen Höhepunkt hatte ich dann doch noch! Wegen ersten Erfrierungsanzeichen an den Zehen und dem Platzmangel im Bett, schlich ich morgens unter die Dusche. Während dem sich das Bad langsam mit Dampf füllte, hörte ich plötzlich nebenan ein bekanntes Knacken. Sch#@!£?![14]

....
13 kleine Küsschen
14 *zensiert*

Ich hatte am Vorabend tatsächlich vergessen, den Wecker auf Wochenende (sprich: Ruhe!) zu schalten!! Langsam drehte sich die Lautstärke hoch. In der Wanne erkannte ich, dass die Band, die dem Idioten aus Überland huldigte, meinem Bettbesetzer wohl nichts Gutes wollte... Ich spurtete tropfend ins Schlafzimmer und sah dabei zu, wie mein Liebster sich langsam durch seine Koma-Träume zurück in die Realität kämpfte und plötzlich kopfüber aus dem warmen Bett stürzte. Mit dem Gesicht mitten auf seine (...) Socken.
Nun war er endgültig zurück unter den Lebenden.
Und ich hopste zurück in mein angewärmtes Bettchen und gab mich schier endlosen Lachkrämpfen hin. Wer anderen eine Grube gräbt, schaut dem Gaul nicht ins Maul sondern kauft die Katze im Sack. So ähnlich jedenfalls.
„Ähm, die Dusche ist jetzt frei!" ...

Uns ist im Übrigen allen klar, dass sich mein Gefährte später darüber beschwert hat, wie geschwitzt er habe unter meinem dicken Duvet und sich ausserdem wie gerädert fühle.

...dieser verdammte Liebeskummer! Na ja, die ersten Tage verbrachte ich sowieso im akuten Schockzustand. Mein Liebster, mein Ein und Alles, mein Stern im Universum, mein Bettgeselle hatte mich sitzen lassen.
Klar, er hatte mir alles möglichst schonend erklärt und erzählt. Dass es nicht an mir läge und blabliblablo, aber trotzdem. Autsch! Ich war aufgestanden und davongelaufen. Man kann doch von mir nicht erwarten, dass ich diesen Kerl nicht auf der Stelle erwürgen will?! Fünf Minuten später habe ich ihn angerufen und gefragt, ob er sicher sei. Auf seine bejahende Antwort schrie ich ihn an und erklärte, dass ich nicht auf ihn warten würde, bis er sich selber gefunden hätte. Wütend schmiss ich das Handy in

eine Ecke und fing an zu heulen. Sicher würde ich auf ihn warten, schliesslich war er doch mein Liebster, mein Ein und Alles, mein Stern im Universum, mein Bettgeselle ...

Na ja, nach einigen Wochen versuchte ich noch mal, ihn dazu zu überstimmen, vielleicht sich doch noch mal zu überlegen, ob er nicht trotzdem wieder mit mir zusammen sein wolle. Wir haben es dann inoffiziell noch ein paar Monate geschafft, aber dann fand er, er wolle das nicht mehr. Schliesslich hätte ich viel mehr Gefühle als er und er hätte deswegen ein schlechtes Gewissen. Wie bitte? Wieso zum Henker hat ER ein schlechtes Gewissen, wenn doch ICH ihn gebeten hatte, wieder zu mir zurückzukommen – wenn auch nur inoffiziell. War ja meine Idee, oder?
Jedenfalls wollte er seine Freiheit geniessen, keine Beziehung eingehen und sich für ein eventuelles neues Liebesgeplänkel frei halten. Das kam dann auch bald.

Ich beschloss deshalb, mir im Herbst schon ein kleines Winterpölsterchen anzufressen, meine Erkältungsbäder vorzuverschieben und endlich mal die eigene Wohnung von Grund auf umzudekorieren. Jaja, in solchen Situationen bricht das Girlie in mir durch.
Trotz Beschäftigungstherapie lag ich Abend für Abend in meinem gemachten Bett, atmete die – nach IHM duftende – Luft ein, vergoss ein Tränchen und schlummerte in unruhige Träume.
Tage vergingen. Wochen. Monate.
Zum Glück gab es aber genügend Freunde, die mich aufheitern konnten. Da war zum Beispiel die Reise mit einer Freundin nach Lloret de Mar (wir erinnern uns...), das Mallorca der Schweizer. Dort haben wir zwei andere Schweizerinnen, die auch aus dem Kanton Bern kommen, kennen gelernt, die bereits einmal in diesem Ort waren und sich gut auskannten. Vor allem mit Happy Hours und süssen Barkeepern konnten sie dienen. So sassen wir jeden Abend um 18 Uhr am Strand und versuchten einen

2-Liter-Drink zum Einstimmen zu trinken. Ich hatte nach ein paar Schlucken genug, aber meine Kameradinnen waren richtige Saufkumpane! Da verwunderte es nicht, dass bereits kurz nach Beginn der Partytime meine Begleiterinnen richtiggehend Männer anzogen – die waren nämlich auf betrunkene Mädchen aus; für was geht man sonst nach Lloret? Meine Mädels waren nicht so! Jedenfalls nicht immer … ABER … einmal kamen wir um 4 Uhr morgens von einem Ausflug nach Barcelona zurück und spazierten noch am Strand. Da lief eine Gruppe von etwa 10 Männern auf uns zu und lallte mit unbekannter Sprache auf uns ein. Eine von uns getraute sich schliesslich, sie zu unterbrechen und auf Deutsch, Französisch und Englisch die Durchsage zu machen, dass wir kein Wort verstanden hatten.

Ein grosser, blonder, sehr attraktiver Typ löste sich aus der Menge und fragte in gebrochenem Deutsch, ob wir ihn so verstehen würden. Sie seien Holländer. Einer von ihnen würde am Wochenende heiraten und sie seien auf der Durchreise à la Junggesellenabschied.

Mich hatte es gleich in diesem Moment erwischt – ich wusste gleich, dass dieser Typ - der Blonde - mein zukünftiger Ehemann sein würde, wir würden hübsche Kinder haben, die seinen Akzent, seine tiefe Stimme und hoffentlich nicht meinen Hang zum Übergewicht erben würden und ausserdem brauchten wir gar nicht zu warten; ich konnte ja gleich mit ihm nach Holland auswandern, schliesslich kannte ich ja bereits das Land und seine Fauna. (Fauna rührt daher, dass ich als Kind einmal mit meinen Eltern und meinem Bruder in Holland in den Ferien war, einen Safaripark besuchte (ja, in Holland) und eine Giraffe unser Auto angefressen hat …Ausserdem wurde mein Lispeln auch schon als holländischer Akzent misinterpretiert).

Während ich so meinen Gedanken nachhing, sah ich zu, wie genau dieser Typ – mein Zukünftiger! – mit einer meiner Begleiterinnen im Arm, sich von der Gruppe trennte und Richtung Meer ging. Vielleicht hätte ich auch hier wieder schneller reagieren und

Möchtegernbesitzansprüche anmelden sollen…
Resigniert setzte ich mich und starrte auf die See. Meine anderen beiden Mädels hatten sich indessen dem genauen Studium eines Fastfood-Automaten gewidmet und schienen sich nicht für mein Unglück zu interessieren.
Plötzlich spürte ich eine Hand auf meiner Schulter, dann noch eine auf der anderen. Eine auf dem Rücken. Noch eine. Schlussendlich massierte jemand auch noch meinen Nacken und ich begriff, dass mich irgendwer schwer antatschte! Ich drehte mich um und da sassen die restlichen acht Holländer (der Neunte, der heiraten würde, wälzte sich im Sand gab Affenlaute von sich) und jeder hatte eine seiner Hände irgendwo auf meinem Körper. Aber alle achteten darauf, mich nicht an einer Stelle zu berühren, die Handgreiflichkeiten meinerseits rechtfertigen würde. Ich war tatsächlich etwas überwältigt von der Aufmerksamkeit, die mir entgegengebracht wurde. Bis sich schliesslich einer der Männer getraute, meine Hand zu nehmen, ein Küsschen darauf zu hauchen und mich dann daran aus der Meute zu ziehen. Aber da gab bereits ein Anderer am rechten Arm Gegensteuer und wollte mich nicht freigeben. Ein Dritter umarmte mich von hinten und zog an meiner Taille in eine weitere Richtung. Fehlte nur noch, dass mir einer den Kopf wegriss.
Ich ermahnte die Männer daran, Kavaliere zu bleiben, worauf mich anschliessend einer belehrte, dass sie keine Kavalleristen seien, sondern absolut gegen jegliche Art von Krieg und Gewalt seien. Ein Grinsen konnte ich da wirklich nicht unterdrücken.

Ich muss zu meiner Schande zugeben, dass ich dann wieder in mein altes Verhaltensmuster zurückgefallen bin, anstatt endlich einmal den Schritt zu wagen, bin ich …ja, ihr ahnt es …davongelaufen.
Übrigens hat meine Kameradin nichts mit dem Holländer angefangen – was für eine Verschwendung!

Ich habe keine Neigung zu Gewalt und Handgreiflichkeiten. Man kann über alles reden und die Hände schön in den Hosentaschen lassen. Trotzdem wird wohl manchmal eine Lautstärkenregulierung nach oben notwendig.
Ganz schön war die Episode, in der ich Streit mit einer anderen Frau angefangen hatte, die in der Disco mit einer Riesenumhängetasche rumlief und mir ständig damit ins Kreuz stiess. Das fand ich irgendwann dann nicht mehr lustig und fragte sie höflich (!) ob sie nicht dieses Ungetüm von Koffer aus meiner Pospalte entfernen möchte. Nein, das wollte sie nicht. Sie brauche alles, was in dieser Tasche sei, für den Abend. Schliesslich gehe sie zu ihrem Freund und übernachte dort und am nächsten Tag müsse sie zur Schule und überhaupt, das ginge mich gar nichts an. Sehr wohl ging mich das was an. Schliesslich lief sie Gefahr, mir ernsthafte Hämatome zuzufügen. Nach meiner diesbezüglichen Mitteilung an sie, zog sie eine filmreife Schnute, schnappte sich einen Typen der rumstand, grinste – ich nehme an, das war ihr Freund, sonst wäre das später wohl etwas komisch geworden – und trat ab.
Ich hasse solche Ziegen, die total an der Realität vorbei leben, sich selber viel zu ernst nehmen und andere unbeachtet links liegen lassen. Oder eben stehen, wie mich.

Das habe ich auch einmal einer Bekannten gesagt, die mit einer Riesenhandtasche mit mir in ein Festzelt wollte. „Was schleppst du denn an? Spinnst du?" Sie sah mich kurz an und fing dann gleich an auszupacken. Jeden Handgriff kommentierte sie: „Das ist mein Portemonnaie, das brauch ich. Will ja schliesslich was trinken und mit dem Taxi nach Hause. Das sind meine O.B's die brauche ich auch. Je nachdem, wie mir zumute ist, und ich bei schnellen Songs rumhüpfe, sind da fliegende Wechsel angesagt. Das ist meine Sonnenbrille für morgen auf der Arbeit. Schliesslich komme ich nur dir zuliebe mit, auch wenn ich arbeiten muss. Das ist ein Ersatzshirt, Ersatzhosen, Ersatzunterwäsche und Ersatzpullover, ebenfalls für morgen. Dann habe ich

noch eine Reiseapotheke, schliesslich sind wir hier auf dem Land, Fahrradschlüssel, Zigaretten und einen Kugelschreiber für eventuellen Nummernaustausch. Das alles brauche ich!"
Ja, das war mir klar. Trotzdem brach ich in schallendes Gelächter aus. „Mädchen, du kannst doch das alles an der Garderobe abgeben oder bei Helmut ins Auto stellen oder – Achtung Insidertipp – beim nächstgelegenen Haus in den Paketkasten legen. Den leert eh niemand um diese Zeit. Was glaubst du, warum ich im kurzärmeligen T-Shirt hier stehe? So spare ich das Geld für die Garderobe, die Türsteher meinen, ich sei schon drin gewesen und lassen mich gleich durch." Ihr schien das alles einzuleuchten. Sie ist jedenfalls nie mehr mit ihrem halben Haushalt aufgekreuzt, um auszugehen.
Ich schleppe zwar manchmal auch Utensilien für allfällige Eventualitäten mit mir herum, aber immer Situationsangepasst. Also: keinen Reisekoffer in die Disco aber auch nicht sparen bei Ausflügen in die Berge. Da ist zum Beispiel eine zusätzliche Klopapierrolle Gold wert!

Wieder einen Pluspunkt für mich entdeckt: ich kann manchmal auch in den richtigen Situationen pragmatisch und logisch denken. Eine untypische Frau zu sein, hat auch Vorteile.
Genug der Selbstloberei. Zurück zum Exkurs in meine Erfahrungsschätze.

Vor der ersten grossen Liebe hatte ich nur einige kurze Beziehungen. Die waren natürlich auch ganz schön, aber halt kurz. Manchmal aus gutem Grund. Manchmal auch nicht. Da hatte ich einmal einen befreundeten Bekannten des Freundes meiner Freundin – könnt ihr mir noch folgen? – beim chillen kennen gelernt. Ja, das geht. Wir waren im Haus eines mir unbekannten Arbeitskollegen des Bruders des Freundes meiner Freundin, weil der sturmfrei hatte. Ein Grillfeuerchen, Bierchen und Fleischchen. Dazu (zu) wenige Liegestühlchen und Deckchen als Sitzgelegenheitchen. Ich hatte mir schnell einen Liegestuhl geschnappt und gab ihn nicht mehr her. Bierholen lag ebenso wenig drin wie Bislen[15]. Ich verteidigte mein Revier gnadenlos. Aber irgendwann, im Laufe des Abends hielt ich es halt nicht mehr aus und schwirrte ab in Richtung Bad. Vorher hatte ich noch einem Freund versprochen ihm ein Bier mitzubringen, wenn er in der Zwischenzeit meine Hochburg bewachen würde. Als ich zurückkam lag er da und bewachte. Weichen wollte er aber nicht mehr. Stattdessen bot er mir an, mich zwischen seine Beine zu setzen und mich zurückzulehnen. Mein Hirn schaltete wieder einmal auf Koma. Was will der Typ da gerade von mir? Mich zwischen seine Beine setzen? Kommt gar nicht in Frage! Das würde ich nie…. und schon sass ich da. Er hatte mich unsanft zu sich gezogen. Zuerst dachte ich, er wolle mich nun vor allen anderen verführen. Sein Bier war aber das Objekt der Begierde, nicht ich. Dank diesem süffigen Trunk musste der Herr alsbald mal selber auf die Toilette. Ich bin also aufgestanden – damit er sich hinter mir hervorwursteln konnte – und wieder abgesessen. He! Da hatte sich klammheimlich gleich ein Anderer dazwischen geschoben. Den kannte ich noch gar nicht. Und ich war ihm gleich in den Schoss gefallen. Mit einem gestammelten „Sorry" wollte ich gleich die Flucht ergreifen. Er aber hielt mich fest. „Du kannst bleiben."

Das tat ich. Meine Beine waren eh zu wacklig um mich zu tragen und seine Arme zu stark um mich geschlungen, als dass ich mich hätte davonstehlen können.

Den ganzen Abend und die ganze Nacht verbrachten wir regungslos auf unserem Liegestuhl. Manchmal redeten wir, manchmal nicht. Die meiste Zeit sahen wir zu den Sternen hoch, versuchten sie zu zählen, und hörten den Gesprächen der Anderen zu.

....
15   pinkeln

Als wir schliesslich morgens noch die einzigen Anderen waren, schmiss uns der Gastgeber raus. Mein Kissen und ich tauschten Nummern. Wir wollten uns bald wieder sehen.

Eine Woche später kam ich wieder angereist – eine halbe Stunde mit dem Zug reichte, um so krass Nervenflattern vor dem nächsten Treffen zu kriegen, dass man sofort aussteigen wollte. Das ging aber nicht. Und am Bahnhof stand auch schon jemand, der mich in Empfang nahm. Keine Fluchtmöglichkeit. Vielleicht war es ja endlich mal an der Zeit.

Wie könnte es anders sein, fiel ich ihm aus dem Zug direkt in die Arme. Zur Feier des Tages hatte ich das erste Mal in meinem Leben Schuhe mit Absatz angezogen und die Stufe nach unten einfach verpasst. Aber mein Kissen war ja wieder da. Wir gingen zu einem Fussballplatz auf dem ausnahmsweise Beachvolleyball gespielt wurde – eine Openair-Party war im Gange. Da zum Fussballclub gehörend, musste mein Begleiter noch etwas arbeiten. Ich kannte da genug Leute um mich ein paar Stunden ohne ihn zu unterhalten. Er aber schien nicht von mir lassen zu können und benahm sich wie ein echter Gentleman. Immer wenn er gerade wenig zu tun hatte brachte er mir was zu trinken, fragte mich, ob alles in Ordnung sei und hielt mich über seine Restarbeitszeit auf dem Laufenden. Endlich, es war schon dunkel, konnte er sein Staff T-Shirt ausziehen und sich mir widmen. Wir hatten sofort wieder die gleiche Wellenlänge gefunden wie zuvor. Ich redete, er redete. Plötzlich war all meine Schüchternheit und Angst wie weggeblasen. Ihm schien es ähnlich zu gehen. Eine gemeinsame Freundin von uns hatte mir vorher nämlich anvertraut, dass ich das erste Mädchen sei, mit dem er Nummern getauscht hatte. Ach war das toll! Ich wusste nicht, was ich besser finden sollte; seine grossen blauen Augen, sein verschmitztes Lächeln, seinen in sich ruhenden Charakter oder seine Art mit mir umzugehen. Alles war toll! Wir sind dann auch gleich zusammengekommen. Warum warten?

Hand in Hand gingen wir über das Gelände und er stellte mich gleich der ganzen Fussballmannschaft als seine Freundin vor. Er schien irrsinnig stolz zu sein. Und ich war stolz darauf, ihn gleich so glücklich machen zu können. In mir war ein kleines Knistern entbrannt.

Natürlich ist mir dann der letzte Zug – von mir echt nicht gewollt – abgefahren. Ich durfte mit zu ihm. Das war was ganz Neues für mich und ich hatte keine Ahnung, was jetzt auf mich zukommen würde. Was erwartet er von mir? Was darf ich? Was nicht? Zu schüchtern, diese Fragen auszusprechen, lief ich schweigend neben ihm her. In seinem Zimmer standen ein Sessel, ein Bett und ein Fernseher neben Schreibtisch und Bücherregal. Er zog mich zu sich auf den Sessel und wir fanden uns in derselben Position wieder wie in der Liegestuhl-Night. Da sassen wir nun, aneinandergekuschelt, und sahen Taxi 2. Ja, das war romantisch! Ich hatte mich soweit wieder entspannt, sodass keine Fluchtgedanken mehr in mir tobten. Bis der Film aus war. Ja, da wollte ich schon vorschlagen, durchzumachen um einfach nicht im Bett zu landen. Aber er, ganz Gentleman, vertraute mich seinem Riesenbett an, während er auf dem Sessel sitzen blieb und auch bald einschlief.

Ich wurde immer wieder wach – ich kann auch heute nicht in fremden Betten tief schlafen, da weckt mich jede kleinste Kleinigkeit gleich auf – und sah den jungen hübschen Mann auf dem Sessel selig schlafen. Eigentlich hätte ich ihm ja wirklich den Platz neben mir anbieten wollen. Aber wir wussten beide, dass wir einander mit Samthandschuhen anfassen mussten.

Am nächsten Morgen – also nur ein paar Stunden später – weckte er mich mit Kaffee und Mütschli[16]. Er müsse arbeiten gehen und wolle mich noch zum Bahnhof bringen.

Tatsächlich hatte er mir seinen nächsten Arbeitstag verschwiegen, um einfach einen ungestörten Abend zu verbringen, ohne Limit. Das war niedlich!

Am Abend vorher irgendwann zwischen Beachvolleyballopenair-

16   Brötchen / Semmel

party-Ende und seinem zu Hause, hatten wir uns ein erstes Mal scheu geküsst. Das vergesse ich nie. Da wurde mir nämlich mein Handy geklaut! Während ich am knutschen war, jawoll! Gibt's denn so was?

Am Morgen danach, sprach der Abschiedskuss bereits eine deutliche Message: wir sehen uns wieder!

Je nachdem, wer von uns wie arbeiten musste oder Schule hatte – wir waren beide zu der Zeit noch in der Lehre – pendelten wir. Ich aufs Land, oder er in die Stadt. Ich stellte ihn sogar meinen Eltern vor. Das war ein Gaudi! Mein erster Freund, den meine Eltern zu Gesicht kriegten. Sie baten ihn, im Wohnzimmer Platz zu nehmen und dann ging's los: „Woher kommst du?" Wie wenn ich das ihnen nicht längst erzählt hätte. „Was machst du?" Er war Koch. Immer noch! Das hatte sich nicht geändert, seit ich ihnen das gesagt hatte. „Gefällt dir dein Job?" undsoweiterundsofort. Plötzlich klingelte das Telefon. Irgendein/e Verwandte/r war dran. Meine Mutter (O-Ton): „Hallo. Ja, Steffi ist gerade mit ihrem neuen Freund hier." ... „ja, er kommt vom Land und macht eine Lehre zum Koch." ... „zum Koch, ja." ... „ich weiss nicht, wie viel er verdient." ...ich wurde langsam rot... „ja, er ist etwas grösser als sie. Haarfarbe? Weiss ich nicht, er hat einen Hut auf." ... „Mam, würdest du bitte..." „Nicht jetzt Schatz, ich bin am Telefon. Würdest du bitte kurz deine Mütze abnehmen?" ... jetzt wurde er röter und seine Hand schwitzte in meine. Ich zog ihn vom Sofa weg und raunte meinem Dad zu: „Wir sind auf dem Balkon, rauchen."

Meine Mutter ist super. Mein Dad auch. Aber manchmal haben auch sie ihr Timing nicht hundertprozentig im Griff...

Seine Eltern waren auch echte Schätzchen! Die Oma auch. Die wohnten nämlich alle auf einem Hof, am Rande des Dörfchens. Für mich absolut ungewohnte Umgebung. Ich hatte mir im Vorfeld tausend Gedanken gemacht. Was sollte ich anziehen? Gummistiefel oder nicht? Was mitnehmen? Wein? Dürfen Bauern

Wein trinken? Die arbeiten ja irgendwie immer. Und der Oma? Vielleicht Schokolade? Aber was, wenn sie Altersdiabetes hat? Was der Mutter mitbringen? Blumen? Aber hat sie nicht selber viel schönere im Garten? Und meinem Freund? Dem muss ich doch auch was mitbringen, aber wie soll ich das alles transportieren? Er kommt mich mit dem Roller abholen, das wird doch viel zu schwer.

Schlussendlich entschied ich mich für ein Blümchensträusschen mit Pralinen für alle.

Ich wurde sofort am Esstisch willkommen geheissen und in die Mahlzeit miteinbezogen. Blöderweise hatte ich schon gegessen, denn ich hatte gedacht, Bauern müssten früh ins Bett und so (Hallo Vorurteile und Klischees…). Also hielt ich mich höflich zurück, trank einen Kaffee und ass ein Konfitürenbrötchen. Sofort hatte seine Mutter Angst um mich; ich wolle doch wohl nicht von den Knochen fallen. Essen sei wichtig für die Energie und ich soll bitte nicht den Magerwahn mitmachen, den die Medien immerzu propagieren würden und überhaupt sei ich doch ein hübsches Mädchen und müsse mich meiner Figur überhaupt nicht schämen. *Anm. d. Redakt. dazu später mehr.* Um sie nicht zu kränken habe ich mir dann noch ein Brötchen genommen, und noch einen Kaffee. Schlussendlich hatte ich so ein Koffeinflash, dass ich ihr innerhalb von einer Stunde mein ganzes Leben erzählt, meine Wünsche und Träume vor ihr ausgebreitet und meine Zuneigung zu ihrem Sohn gestanden hatte. Ich kann nicht behaupten, dass das Ganze einen ultrapositiven Eindruck hinterlassen hätte …

Viel passiert ist in unserer – eben kurzen – Beziehung allerdings nicht, oder nicht mehr. Obwohl ich mit seinem Hobby „Schuttä[17]" durchaus vertraut war und in meiner Verzweiflung sogar versucht hatte, eine Diskussion über den Flügelläufer der Jungen Buben von Bern zu starten, wollte er nicht einmal dazu mehr als

....
17   Fussball

zwei Sätze sagen… Deswegen hielt ich einen Schlussstrich nach ein paar Monaten für gerechtfertigt. Er war wohl der umgänglichste, gentlemanigste und liebste Typ der mir bisher begegnet ist, aber ich brauche etwas anderes. Jemand anderen.

Warum glauben eigentlich Männer immer, dass Frauen nichts von Fussball verstehen? Meistens stimmts ja auch – aber nur, weil diese Frauen sich nichts aus Fussball machen. Genau gleich könnten Männer ja auch nicht aus dem Stegreif das Geschehen in einer Shoppingmeile kommentieren…
Vielleicht könnten die TV-Sender die fehlenden Zuschauerinnen bei Sportveranstaltungen ja doch noch vor den Bildschirm locken, wenn sie die Kommentare anpassen würden:
„Hier läuft gerade Chris von links nach rechts dem Ball nach. Er hat letztes Jahr ein Unterwäsche-Shooting gemacht, die Bilder werden wir in der Werbepause einblenden. Oh! Gerade hat Tom den Ball bekommen und rennt im knallengen Shirt aus Polyester auf den Torhüter zu. Der komische Typ am oberen Bildrand mit dem gelben T-Shirt, das sich unglaublich mit seiner Haarfarbe beisst, hat gepfiffen. Tom muss anscheinend nochmals zurücklaufen. Ach nein, Entschuldigung, das ist ja die Zeitlupe…"
Oder wenn Frauen in der Doppel-D-Liga spielen würden, den Ball mit der Brust (den Brüsten… whatever) annehmen, einklemmen und ihn dann auf dem Tablett über das ganze Feld tragen würden…

Hihihi…

Nein, ich mache mich nicht über Frauen lustig. Neiner, ich mache mich nicht über Frauenfussball lustig. Am neinsten, ich habe keine Absicht zu diskriminieren oder Sonstiges. Ich wollte ja selbst einmal die beste Fussballerin Europas (mindestens!) werden.

Ich gebe die Hoffnung nicht auf. (Übrigens: Themenwechsel. Das hat nichts mit der Hoffnung, doch noch Weltfussballerin des Jahres zu werden, zu tun…) Das klingt jetzt schon wieder so verzweifelt. Das bin ich gar nicht. Wirklich! Ich bin davon überzeugt, dass auch ich meinen Partner finden werde, respektive er mich finden wird, respektiver wir uns finden werden, am respektivsten es eigentlich vollkommen egal ist.

Ich kenne aber auch Liebesgeschichten die gut verlaufen sind. Schlussendlich jedenfalls. Zum Beispiel die meiner Eltern. In Teenagerjahren bereits verliebt, hatten die beiden sich früh wieder getrennt. Er wollte einen geregelten Tagesablauf, sie abends feiern und tanzen.
Nach ein paar Jahren hatte sich ein Anderer in meine Mutter verliebt, nahm sie mit nach Basel und sie heirateten. Mein Halbbruder kam zur Welt. Aber irgendetwas stimmte nicht. Fehlte einfach. Nach über zehn Jahren wusste meine Mutter endlich, was es war – sie hatte den falschen Mann! Also packte sie ihre Sachen mitsamt Sohn ein und kam zurück nach Bern. Wie von unsichtbarer Hand geführt, traf sie meinen – späteren – Vater kurz darauf wieder. Sie, ungewiss, ob er ihr, ihr locker-flockiges Leben verziehen hatte, und er, immer noch unverheiratet, trafen sich und liessen ihre alte Liebe neu entflammen. Loderndes Feuer und Vulkanausbruch! Nach der Heirat fanden mein Bruder und ich noch den Weg ans Licht. Bis heute sind meine Eltern zusammen und werden es wohl immer sein. Wer über zwanzig Jahre aufeinander gewartet hat, dem wird der Rest des Lebens wie ein Donnerblitz vorkommen. Schön, nicht?

Um dann doch noch das Thema anzusprechen, auf das alle warten – spätestens nach der Bettgeschichte mit meinem Ex – Sex. Ja, den hatte ich. Mittlerweile ist das aber schon so lange her, dass ich mich frage, ob vielleicht bereits Verjährung eingesetzt hat.

Manchmal muss ich kontrollieren, ob ich nicht doch zugewachsen bin. Regelmässiges Entstauben und entfernen von Spinnweben gehören zu meinem Leben wie Schokolade zu Bridget Jones.

Erinnerungen werden wach: Outdoor-Sex. Habt ihr das schon mal probiert? Ich rede nicht von Blümchensex bei nicht abgeschlossener Haustüre, sondern draussen in wilder Natur.
Mein erstes Erlebnis fand auf dem Balkon statt. In tiefster Nacht, die Strassen waren eingerollt, die Fusswege eingeklappt, gewährte ich meinem damaligen Freund, stehenden Einlass. Ihr denkt, das war besonders aufregend und ein Adrenalinkick, von wegen entdeckt werden und so? Nun ja, nicht ganz. Erstens hatte ich einige Bedenken wegen der Balkonparty, die meine Nachbarn linkerhand schmissen – so viele Leute, die potenziell als Spanner einspringen konnten. Zweitens hatte ich mich in unnatürlicher Weise bücken müssen, damit überhaupt etwas laufen konnte – und dann musste ich mich davor fürchten, mit dem Kopf wahlweise im Geranienbeet, im Bambus oder im Kakteenturm zu landen. Ausserdem hatten wir auch sonst einige Koordinations-schwierigkeiten und führten dann das Experiment doch lieber auf dem Küchentisch fort. Der klappte übrigens dabei zusammen. Vielleicht sind billige Möbel ja gut und recht für Studenten mit wenig Geld, aber für frischverliebte Sexgötter und deren Gespielinnen, reichen die kurzen Schrauben eben nicht aus. Jedenfalls habe ich mir einen groben Splitter eingefangen, die Wunde hat sich später entzündet. Seither weigere ich mich standhaft, in der Nähe eines Gegenstandes aus Holz, Sex zu haben.
Mein Höschen war über Nacht am Balkonboden angefroren. Bis jetzt sind glücklicherweise keine Fotos eines Nachbarn aufgetaucht, der uns beobachtet hat, wie wir mit Spachtel und Hammer das Ding abgeschabt haben.

Der nächste Versuch eines Quickie im Freien fand an einem Bauernhof-Fest etwas ausserhalb statt. Ich zog meinen Partner aus dem Gewühl auf den Parkplatz, und setzte mich auf den Kotflügel (was für ein grausliches Wort, wenn ich mir das jetzt so überlege…Kotflügel. Kot. Flügel. Bäh! Schnell zurück zum Thema!) des letzten Autos, das schon halb im Wald stand. Ich stützte mich mit den Füssen auf dem Nummernschild ab und achtete penibel darauf, keine Beule zu machen. Mit lautem Krach löste sich plötzlich das Schild aus der Halterung und ich landete mit dem Gesicht voran im Dreck. Hastig montierte mein Freund das Schild wieder und riss mich vom Ort des Geschehens fort. Wir haben selbstverständlich einen Zettel mit Namen hinterlassen, falls tatsächlich ein Schaden im Tageslicht sichtbar würde – zum Glück haben wir nie wieder etwas gehört. Von diesem Erlebnis behielt ich neben Schrammen an Knien und Händen vom Sturz, eine Sammlung von Zecken sowie wochenlange Bergung von Laub und Ästlein in meinen Haaren zurück.

Vom Sex am Strand, erzähle ich schon gar nicht. Es ist einfach eklig, überall – wirklich überall – Sandkörner zu haben; da kannst du gleich den Vibrator mit einem Schmirgelpapier umwickeln und Doktor spielen. Der abgebrochene Wasserhahn mit der unfreiwilligen Anal-Trainingsstunde meines Partners erinnert an den Versuch in der kleinen Hotel-Dusche (diesmal also Indoor). Wie zum Henker erklärt man einer Rezeptionistin, dass wir den Hahn bestimmt nicht absichtlich abgebrochen haben?

Wenn ihr Bock auf Selbstgeisselung, und kein Problem habt, euren Kumpels und Bekannten die aussergewöhnlichen Blutergüsse und Verletzungen zu erklären, dann nur zu: vögelt euch in der Natur! Aber denkt an meine Worte: nirgends ist der Verbandskasten so nah, wie im eigenen Heim … Aber auch das hat seine Tücken! Für einen Quickie in der Werbepause müssten auch Vorbereitungen getroffen werden. Mein Bettsofa, das damals als Gästebett und eben Fernsehsofa fungierte, wurde einmal als Austragungsort einer solchen leidenschaftlichen Anwandlung missbraucht. Die Flecken habe ich nie mehr rausgebracht.

Am besten lasst ihr es einfach ganz sein und kuschelt euch in eurem Bettchen zusammen. Ihr könnt zur Abwechslung ja mal das Fenster offenlassen oder so …

Frau ist ja nicht ganz hilflos ohne Mann. Schnurstracks bin ich in einer einsamen Minute in meinen XXX-Shop und nahm erstmals die Hilfe des Kassierers in Anspruch:

„Ich möchte gerne den billigsten Vibrator den ihr habt!" *Anmerkung der Redaktion: manchmal muss man halt klein anfangen und sich als Studentin auf das Wesentliche beschränken.*
Zuerst schaute er ganz verdutzt und leierte dann seine Verkaufssprüche herunter:
„Das ist ein sehr schönes Modell… hier haben wir unseren kleinsten Vibrator aus Gold… da der Frosch, da der Delfin… mit Bewegungsvibration…mit Kitzlerpenetration…"
Hier musste ich ihn unterbrechen. „Hör mal Schatz, ich brauche den billigsten Vibrator den du hast, egal welche Form, Farbe oder gar Geschmack!"
„Warum den ausgerechnet den billigsten, wenn ich fragen darf? Willst du dir nicht ein lang anhaltendes, spannen…"

„Danke, nein. Billigstes Sexspielzeug, jetzt! Bitte."
Wortlos griff er sich ein Teil aus dem untersten Regal – mit Tigerfellmuster – lief zur Kasse und scannte das Ding ein. Eigentlich wäre ich ja gerne noch Mäuschen gewesen in dem Shop, nachdem ich wieder nach Hause gegangen war. Was der wohl seinen Arbeitskollegen und -innen von mir erzählt hat?

Nun ja, was soll ich sagen; bis heute schaffe ich es nicht, genug ernst zu bleiben, um mich selbst zu erregen. Regelmässige Lachanfälle und darauf folgende –krämpfe unterhalten mich glücklicherweise mehr, als die eigentliche Intention.

Tja, den Dildi habe ich noch, der liegt bei der Aschenputtelgöttinnen-DVD in irgendeiner Kiste. Vielleicht werde ich kurz vor dem wirklichen Zusammenwachsen, Austrocknen oder Verspinnweben es dann doch noch schaffen, ihn so zu benutzen wie er eigentlich gedacht ist. Aber so verzweifelt bin ich nun doch noch nicht.

Pannengeschichten

The wind whispers in my ear / and holds me tight / smells like you were here / in this dark night / When you're away I can't breath / and suffocate in longing / you've ever given me what I need / and much more
∽

der Wind flüstert mir ins Ohr / und hält mich fest / es riecht, wie wenn du da wärst / in dieser dunklen Nacht / Wenn du weg bist, kann ich nicht atmen / und ersticke in meiner Sehnsucht / du hast mir immer gegeben, was ich brauchte / und noch viel mehr
∽

Dr Wind flüsteret i mis Ohr / U häbt mi fescht / Es schmöckt, wie wenn du da wärsch / i dere dunkle Nacht / We du wäg bisch, chani nid schnuufe, / u versticke i mym Blange / Du hesch mir immer gäh, wasi bruucht ha / u no viu meh

Einer der Gründe, warum ich immer noch Single bin, ist sicher meine tollpatschige Art. Immer wieder passieren mir im falschen Moment – zum Beispiel kurz vor dem Orgasmus – die blödesten Dinge. Ich muss plötzlich laut niesen, habe Schluckauf oder noch besser, mich so verschluckt, dass mir die Tränen kommen. Bevor es überhaupt zum Akt kommt, falle ich um, renne in geschlossene Türen, schneide Kurven an denen keine sind – sondern meistens eckige Gegenstände oder Möbel – und ich trete gerne in Fettnäpfchen; manchmal falle ich sogar gleich in die Fritteuse. Das hört einfach nicht auf.

Auch ganz alltägliche Dinge werden zur Farce, wenn ich in der Nähe bin. Kennt ihr zum Beispiel die Niederflurbusse, die in Bern verkehren? In der Mitte haben die ein Schwenkgelenk, das innen mit zwei Stangen pro Seite stabilisiert wird. Jungs und Mädchen lehnen sich gerne lässig dagegen, wenn keine Sitzplätze mehr zu haben sind.
So auch ich einst im Winter. Mir gegenüber steht mein Freund – morgenmuffelig wie immer – und lässt sich weder ansprechen, noch von meiner guten Laune mitreissen. Plötzlich sitze ich nach einem lauten Knall am Boden und schaue mich verdutzt um. Die umstehenden Leute sehen kurz von ihrer Gratiszeitung auf, schätzen das soeben passierte als nicht lebensgefährlich ein, und lesen weiter. Mein Freund schaut auf mich herab. Seine Augen scheinen zu sagen: „Steh auf! Mach dich nicht lächerlich! Mann!" Anscheinend hat sich eine Verbindung zur Stange, die wie eine Velopumpe hydraulisch ein- und ausgezogen werden kann, unter meinem Gewicht (keine Kommentare bitte!) gelöst und die Stange ist bis zum Boden ausgefahren und hat dann mangels Schalldämpfer einen Riesenkrach veranstaltet. Ich versuche also, die Stange wieder zurück in die Ursprungsposition zu schieben und mit dem noch intakten Verbindungsstück zu verbinden. Keine

Chance! Meine schwarzen Fingerhandschuhe (für Nichtwisser: Handschuhe mit freien Fingern, damit auch im Winter draussen geraucht werden kann) bleiben irgendwo hängen und ich sehe mich hilflos um. Mein Freund ist handwerklich schlicht unbegabt – den ziehe ich ausnahmsweise nicht in Betracht. Wer könnte denn sonst helfen? Ein Jüngling – knapp 14 dem beginnenden Schnurrbart nach – erbarmt sich und klickt innerhalb von Sekunden die Stange wieder ein. Etwas beschämt steige ich eine Station zu früh aus, natürlich nicht, ohne mich für die geleistete Hilfestellung zu bedanken. Meinen Freund lasse ich wo er ist, der hat – immer noch im Halbschlaf – die Geschichte wohl kaum mitgekriegt. Ich kratze mich unsicher an der Nase und zünde mir eine Zigi[18] an.

Auf dem Weg zum Büro werde ich von sämtlichen Passanten angestarrt. Hat sich die Geschichte vom Bus etwa schon bernweit herumgesprochen? Meine Güte, ich werde nie mehr zu einer Party eingeladen, geschweige denn, dass ich nie mehr ein Monatsabo kaufen darf. Gulp! Auch im Büro werde ich von meinen KollegInnen verschmitzt lächelnd gemustert. Schliesslich halte ich es nicht mehr aus und frage meinen Lernenden, ob er im Bus noch nie etwas kaputt gemacht habe, das könne schliesslich jedem passieren. Er scheint die Welt nicht mehr zu verstehen. „Was meinst du?" „Ist das nicht offensichtlich? Halb Bern weiss, dass ICH die Stange im Bus kaputt oder zumindest nicht mehr im Originalzustand hinterlassen habe!" (Ich hoffe dieses Geständnis zieht jetzt keine strafrechtliche Verfolgung mit sich?) Mein Lernender schüttelt den Kopf und deutet auf seine Nase. „Schau mal in den Spiegel." Ich eile zur Toilette und erstarre umgehend zur Salzsäule; ich bin am halben Kopf verschmiert mit einer ölartigen Substanz – wohl das Schmiermittel aus dem Scharnier von der Stange. Und kein Schwein sagt mir was!

Seitdem besehe ich jedenfalls meine Finger genauer, wenn ich meine Nase kratzen will UND mein Freund wurde zu bezie-

---

18   Zigarette; etwas anderes möchte ich auch nicht anzünden…

hungslanger Vollquasselei morgens im Bus verurteilt. Ha! Manchmal komme ich auch in so auswegslose Situationen, die ich mir durchaus selber eingebrockt habe durch meinen zu schnellen Humor. Zu schnell in dem Sinn, dass ich einen Spruch abfeuere, bevor ich sicher bin, ob ich überhaupt etwas sagen sollte.

Ein Beispiel: ich hatte meinen damaligen Freund länger nicht mehr gesehen und freute mich wie ein kleines Kind, auf unser Treffen. Ganz lange umarmte ich ihn und spürte – oh là là – seine Freude an meiner Leiste. „Aha! Ich merke, du freust dich auch sehr, mich wieder zu sehen." flüsterte ich leise in sein Ohr. Er beugte seinen Oberkörper ein wenig nach hinten um mir in die Augen zu sehen, lächelte und meinte: „Ja klar! Würdest du jetzt bitte aufhören, dich an meinem Sackmesser[19] zu reiben?".

Ui. Wo war nochmals das Loch, um im Boden zu versinken? Ich bräuchte mal eines zum mitnehmen.

Apropos.

Ich habe mal während kurzer Zeit ein paar Jugendliche betreut. Obwohl ich nur ein paar Jährchen älter war, habe ich meine Aufgabe ernst genommen und bin mit viel Elan und grosser Liebe zur Arbeit eingestiegen.

Bereits am ersten Abend erhielt mein Enthusiasmus einen kleinen Dämpfer. Drei Vierzehnjährige sassen mir gegenüber an der Bar, für die ich verantwortlich war und die ganzen Aufenthaltsräume im Blick hatte, und fragten mich aus. Keine wollte wissen, auf welche Schule ich gegangen war, welche Lehre ich jetzt machte, warum ich den Job hier angenommen und ob ich das vorher schon mal gemacht hätte. Nein. Erste Frage: „Wie alt bist du?". Zweite Frage: „Hast du einen Freund?". Ehm. „Nö". Damit nicht genug; nächste Frage: „Warum nicht?". Eh-Ehm. „Weil…" Die Kleinste – wohl Rädelsführerin – übernahm das Zepter: „Also ich habe einen Freund. Wir gehen schon seit drei Wochen miteinan-

---

19   Taschenmesser. Klingt komisch, is' aber so.

der und wir lieben uns über alles. Wir werden heiraten. Zuerst will er aber die Polizeischule machen, damit er genug Geld nach Hause bringen kann." Sie zeigte auf einen Typen mit schrägem Käppi und einem Pingpong-Schläger in der Hand, mit dem er gerade den Tisch auf dem volle Gläser standen, tätschelte um zu sehen, ob sie nicht vielleicht doch umfallen. Nett. Ich antwortete etwas wie „toll für euch", „schön, dass ihr schon so konkrete Pläne habt" und „wenn du Fragen hast, hast du ja meine Nummer" da bestürmten mich die Drei schon wieder mit der anscheinend einzig wichtigen Frage: „Warum hast du keinen Freund???"

Tja. Was antwortet man da?
„Ich will keinen." Die würden mich wohl schön komisch finden und das schon am ersten Abend.
„Ich erhole mich noch vom Letzten." Würde zu viele Fragen aufwerfen, die ich noch weniger beantworten könnte.
„Ich habe da Einen kennengelernt…" da müsste ich gleich wieder Rede und Antwort stehen obwohl es ja eh geflunkert gewesen wäre und ich mit den Teenies eigentlich ein Verhältnis aufbauen wollte, in dem Ehrlichkeit und Vertrauen eine wichtige Rolle spielen sollte.
„Es hat sich noch nichts ergeben." Da würde ich sofort mit potenziellen Partnern zusammengebracht, wenn auch nur im Geiste – oh nein, mich wollte man schon viel verkuppeln. Zu viel!
„Vielleicht weil ich zu dick bin." auch „…zu gross" / „…zu laut" / „…zu wasweissich" Keine gute Idee! Da kommt gleich der Eindruck auf, ich sei nicht selbstbewusst und hätte internes Konfliktpotenzial. Teenies spüren das. Sobald sie deinen Schwachpunkt kennen wird der erbarmungslos abgespeichert und dann als As ausgespielt, wenn sie etwas von dir wollen oder brauchen, wie ein Alibi oder ein Bier.
Bleibt nur noch: „Ich weiss nicht." Toll.
Ja. Warum eigentlich?

Was ich damals geantwortet habe? Hihi. Ganz einfach: „Will jemand eine Limo? Geht auf mich." Liebe Kriegsminister: DAS ist ein Ablenkungsmanöver.
Nicht vergessen, sich dann aber gleich wegzuschleichen – mangels Loch im Boden – um „mal eine Runde zu drehen".

Nur ein einziges Mal habe ich mich bisher getraut, einen selbstbewussten Spruch in die Richtung eines männlichen Wesens abzulassen. Das ging so:
Ich sass mit zwei Bekannten in einer auswärtigen Kantine und laberte belangloses Zeug, als ein - zugegebenermassen nicht schlecht aussehender - Typ an unseren Tisch kam und einen meiner Begleiter begrüsste. Dann wandte er sich an den Anderen und meinte „dich habe ich hier noch nie gesehen, arbeitest du hier?" Der Angesprochene bejahte. Der Hinzugekommene verzog das Gesicht und meinte „aber an deine schönen blauen Augen würde ich mich doch erinnern!". Meine Kollegen tauschten unsichere Blicke aus.
Ich grinste vor mich hin.
Doch dann drehte sich der Typ zu mir und sagte „dich habe ich hier auch noch nie gesehen. So eine hübsche Frau. Wie wärs, wenn du mit in mein Büro kommst, mir beim Arbeiten zusiehst, wir dann nach Feierabend was trinken gehen, ich dich abfülle und anschliessend verführe?".
Und ich: „Ja, gerne."

> Äh. Bitte, was?
> Was hatte ich da soeben gesagt?
> Woher kam bitteschön diese knallhart coole Reaktion?

Alle am Tisch Anwesenden drehten ihre Köpfe zu mir. Und der Typ? Der wusste gerade überhaupt nicht mehr, was er sagen soll - ihm ging es, wie mir sonst immer.

Wow, ich bin sowas von stolz auf mich! (Uns ist übrigens allen klar, dass ich natürlich NICHT mit dem Typen mitgegangen bin und ihm beim Arbeiten zugesehen habe; geschweige denn mich habe verführen lassen...gell!?)

Aber die Geschichte ist noch nicht zu Ende!
Ein paar Wochen später sprach mich einer der Bekannten die damals mit mir beim Essen waren wieder auf diesen Typen an. Der hätte nach mir gefragt und wollte meine Nummer.
   Ui.
Was nun tun?
Mein Kollege klärte mich dann gleich auch darüber auf, dass der Fragesteller eine Freundin habe und ich vorsichtig sein solle - am liebsten würde er dem Herrn mal eine Lektion verpassen. Ich sei die erste Frau gewesen, die ihm nämlich mal die Stirn geboten hatte und das habe wohl Eindruck hinterlassen.
Also liessen wir uns einen bitterbösen Plan einfallen; wir suchten in einer Tageszeitung unter den einschlägigen Inseraten eine grossbusige Dame für ihn heraus und mein Bekannter schickte dann deren Nummer an ebenjenen Typen. Böse Falle!
Leider hat sich der dann aber anscheinend nie getraut „mir" zu schreiben - das flüsterte er jedenfalls meinem Bekannten. Schade!

   Ab und zu bin ich mit den Sprüchen nicht zu schnell, sondern zu langsam.
So passiert in dieser Bar beim Bahnhof, wo sich Kulturfuzzis und Intellektuelle treffen.
Dort fand ein Konzert eines guten Freundes statt, zu dem ich eine Freikarte erhalten hatte. Das Lokal war voll gepumpt mit Cervelat- und Bratwurstprominenz und ich versuchte einige Kontakte zu knüpfen. Vielleicht konnte ich ja einen Auftritt für unsere Band rausholen? Oder eine Rolle in einem Theaterstück ergattern? Auch nicht schlecht wäre ein Job als Synchronisateurin

für eine Kinderhörspielkassette... (Ihr wisst ja, warum.)
Ich stehe also mitten in dieser Bar und werde von einem sehr charmanten Typen angequatscht, der meine weissen Schuhe „total geil" und „abgefahren" findet. Ein einfaches „Merci" gepaart mit meinem manchmal doch charmanten Lächeln wird von „Willst du sie dir mal aus der Nähe ansehen?" überholt. Doing! Der Mann guckt mich an, wägt ab, ob ich noch ein einziges Wort wert bin, macht auf der Stelle kehrt und zeigt mir wortwörtlich die kalte Schulter; wenn nicht gar den Rücken.
Na ja, ich flüchte nach dieser kleinen Blamage ins Untergeschoss und beobachte das Geschehen von dort aus. Ich greife auf der Suche nach Zigaretten ins Leere und trotte geknickt zur Bar – schliesslich habe ich keine Ahnung ob die an solch einem eloquenten Ort überhaupt so etwas wie einen Zigarettenautomat haben. Bevor ich aber an die Theke lehnen und den süssen Barkeeper anquatschen kann, stellt sich mir ein anderer Typ in Uniform in den Weg – einer von diesen Sicherheitsleuten. „Suchst du was?" singt er zwischen blendend weissen Zähnen hindurch und lächelt mich an. Ich versichere mich kurz, dass ich kein Schild mit „Wo ist der Zigarettenautomat?" trage und erwidere dann: „Ja, tatsächlich suche ich den Zigiautomaten – habt ihr hier so was?" Er zwinkert mir zu und meint, dass er zwar Nichtraucher sei aber so etwas Ähnliches wie einen Automaten bei den Toiletten gesehen habe. Der Weg sei ausserordentlich schwer zu erklären, am besten sei es, wenn er gleich mitkäme, dann könne er gleich seinen Job erledigen und kontrollieren, ob niemand illegale Halluzinogene (ja, das hat er tatsächlich gesagt!) konsumiere. Er nimmt mich bei der Hand (und ich bin nicht in   flüssige Lava geschmolzen oder wegen den voll gemachten Hosen plötzlich im Boden versunken!) und führt mich durch eine Tür hinter der Bar – und da stand er, der Automat. Ich überlege kurz, wie genau der Typ das mit dem komplizierten Weg gemeint hat, als er schon eine Münze in das Ding steckt und fragt: „welche Marke?" Ich leiere meinen Spruch herunter und beginne gleich anschliessend mich

zu wehren – ein Nichtraucher, der mir ein Päckchen Zigaretten spendiert? Das ist ja mal ganz etwas Neues! Aber zu spät.
Er lehnt lässig an der Wand und fragt mich nach meinem Namen. Ich vergesse, ihn auch nach seinem zu fragen. Dafür will ich von ihm wissen, ob er hier arbeitet. Jaja, das Offensichtliche will mir halt nicht immer gleich durch die Synapsen.
Er jedenfalls bewundert meine Figur und fragt mich, ob ich Sport betreibe. Ich schmunzle und muss ihm beichten, dass ich vor kurzem mit Hockey und Judo aufgehört habe, aus Zeit- und Lustgründen. Hatte keines mehr von beidem.
Er grinst wieder und sagt: „Ich dachte eigentlich mehr an Bettsport?"

Stille.

Nun, liebe Leute, was sagt man da am besten wenn, wie bei mir, bei der kleinsten Kommunikationsmöglichkeit mit Männern, lebensnotwendige Funktionen, versagen? Vorausgesetzt, der Typ gefällt einem (wenn nicht, hilft nämlich davonlaufen immer!), wäre eine Möglichkeit: „Ich bräuchte wieder einmal ein Konditionstraining." oder „Ich habe mich kürzlich für die Olympiade qualifiziert." Für aggressive Frauen wäre es auch denkbar, dass sie sich einfach zu ihm hinbeugen und ins Ohr flüstern: „Du bist sexy, aber ich bin noch nicht überzeugt, ob du mich aushalten würdest!"

ABER was sagte ich?!

Erste Reaktion: „öhm, ähem, ehm … WAS?". Ich bin wieder einmal sprachlos, nicht einmal ein Spruch der völlig fehl am Platze wäre kommt mir in den Sinn. Wieder Stammelsprache. Diese Stille muss ich schnellstens überwinden, sonst komme ich nie auf einen grünen Zweig – ob ich den Kerl jetzt abblitzen lasse oder nicht.

„Ob du Bettsport betreibst …"
„Nun, ähem, na ja, ich habe auch schon … na ja, du weißt schon…"
Und dann? Na, dann habe ich doch die Flucht ergriffen.

Doch das Malheur war noch nicht perfekt; ich rannte schnurstracks in einen guten Freund von mir, der wohl einige Bierchen zu viel intus hatte, und bat ihn, mich zu beschützen. Er legte ohne nachzufragen seinen Arm um mich und schob mich schwankend auf die Tanzfläche. Erst als wir zu „Marmor, Stein und Eisen bricht" schunkelten, fragte er mich, was los sei.
Ich erzählte ihm die Geschichte und er reagierte etwas anders, als ich es erwartet hatte. Er meinte nämlich, dass er selber auch schon zu lange auf dem Trockenen gelegen hätte und solch ein Angebot (von einer Frau) wohl nicht hätte ablehnen können. Wenn ich ihm beispielsweise jetzt anbieten würde, ihn zu mir nach Hause mitzunehmen, müsste er all seine noch vorhandenen Hirnzellen aufbieten um genügend Verstand mobilisieren zu können, dass er unserer Freundschaft wegen nicht mitkommen würde. Ich überlegte mir tatsächlich kurz, ihn doch mitzunehmen – schliesslich würde es seine Freundschaft zu mir nicht beeinträchtigen, wenn er sich am nächsten Morgen sowieso an nichts erinnern könnte, andererseits wüsste ich ein Leben lang etwas, das er nicht weiss.
Jedenfalls hatte ich in der akuten Situation wieder absolut keine Ahnung, was ich sagen oder wie ich überhaupt reagieren sollte. Wenigstens hatte ich nicht den unbedingten Wunsch, wieder die Flucht zu ergreifen.
Er schien aber noch nicht zufrieden und fragte mich, wie ich denn reagieren würde, wenn er mir jetzt plötzlich Avancen machen würde, um mich ins Bett zu kriegen.
„Nun, ich müsste zuerst meine Beine rasieren, die Intimzone trimmen und eine Dusche nehmen …"
Ihr fragt euch bestimmt auch – so wie ich – wie zum Teufel mir der Kack in den Kopf und aus meinem Mund raus gelangt ist!?

Zu Hause ist mir dann übrigens eingefallen, dass ich meinen neuesten Kreativeinfall-Spruch „meine Brüste sind heute zu schüchtern um sich zu zeigen" hätte bringen sollen – bei wem auch immer …Meine Mikrowelle jedenfalls hat sich totgelacht. Ich brauche eine Neue!

Meine Eltern – oder war's meine Oma? – hatte/n mir die – also die Mikrowelle, nicht die Brüste…– zum Auszug oder Umzug geschenkt. Mit ihnen habe ich auch viel Blödsinn erlebt - also mit den Eltern, nicht mit der Mikrowelle.... Vor allem im Urlaub. In so einem wurde ja auch unser Auto von einer Giraffe – und das in Holland! – angefressen. Ein anderes Mal wollten wir nach Schottland. Wieder eine Carreise. Ich war zwar als Jugendliche an den speziellsten Orten, aber auch diejenige, die dann käseweiss wieder aus den Sommerferien zurückkam. Lassen wir das. Eben auf dem Weg nach Schottland wurde in Basel eine Gruppe von Bernern, inklusive uns natürlich, auf verschiedene Busse mit unterschiedlichen Destinationen verteilt. Meine Mam und ich hatten je einen Rollkoffer, mein Vater und mein Bruder zusammen einen Grossen. Da mein Dad mit fast zwei Metern ein stattlicher Mann ist, muss er in diesen Pendelbussen immer ganz hinten sitzen. Sonst haben seine Knie keinen Platz. Er stieg also als Letzter aus, schnappte sich den letzten – seinen – Koffer und kam zu unserem Car. Erst in Nordfrankreich war der erste Stopp geplant. Hier sollten wir die Nacht verbringen.
Kaum angehalten, hatten alle schon ihren Koffer. Ausser meinem Vater und Brüderchen. Der Chauffeur stand da und rief die Namen der Kofferinhaber aus. Aber der war nicht unserer. Der genau gleiche Koffer, aber der falsche Name! Ach du Schande!
Ich konnte den Ernst der Lage wieder mal nicht genau erkennen und sang drauflos: „dein Koffer ist nach Norwegen, dein Koffer ist nach Norwegen!". Meine restliche Familie und der Chauffeur fanden das aber gar nicht witzig. Der war tatsächlich nach Norwegen! Irgendso ein Schnellumsteiger hatte in Basel nicht auf

das Namensschild geachtet, und sich einfach unseren Koffer geschnappt. Nun, die Reise musste trotzdem weitergehen, fürs Umkehren war es bereits zu spät. Es wurden noch Theorien gewälzt, ob man zwei Taxis fahren lassen, oder die Koffer per Zug austauschen sollte. Aber keine Variante fand ungeteilte Begeisterung. Also mussten wir das Beste daraus machen. Anstatt Sightseeing, waren wir halt shoppen. Anstatt den Windsor Palast zu sehen, haben wir den königlichen Schneider aufgesucht (naja, fast). Auf der Fähre von Frankreich nach England hatten sich die Beiden bereits mit Kapitänsshirt und Matrosenmützen ausgerüstet.
Der Morgen nach der Koffertauschsache war übrigens der Einzige im Leben meiner Mutter, an dem sie ihren Mann unrasiert gesehen hatte. Davon redet sie noch heute.

Ich hatte manchmal schon Angst, ich würde das Pech förmlich anziehen. Aber seit die Kleider damals verschwunden waren, weiss ich, dass ich es eher ausziehe. Kleiner Witz am Rande.
Die wahrscheinlich oberpeinlichste Sache die mir mal passiert ist, ist zwar Jahre her, aber weiterhin sehr aktuell; sie verfolgt mich immer noch.
Da war ich im zweiten Jahr in der kaufmännischen Lehre und absolvierte gerade ein Praktikum in einer Aussenstelle. Eines Tages stand da ein Bild von einem Mann vor mir. Ein Revisor. Der wollte uns revidieren. Ich, damals noch unschuldig und kleinlaut, geleitete ihn ins Hinterzimmer und bat ihn, Platz zu nehmen. Als der Typ an mir vorbeischwebte, erreichte ein zartes Düftchen nach Aftershave oder Eau de Cologne mein Näschen. Ui! Damit kann man mich kriegen. Ein herber Duft und ich werde zu Luft. Mann, hat der geil gerochen! Ich versuchte natürlich, mir absolut nichts anmerken zu lassen - ausser dass ich tomatenrot den Rückzug angetreten hatte, sollten keine äusserlichen Anzeichen zu sehen gewesen sein.
Drei Jahre später trat ich meinen ersten Job nach Ausbildung

und Matur an. Ein super Chef, super Team, super Job. Bis … die Revision anstand. Und wer stand noch an? Richtig, der Revisor. Und wer war das? Derselbe Typ wie vorher. „Aber ich bin ja jetzt ruhig, selbstsicher und durch nichts zu schockieren", dachte ich bei mir, als ich die Glastüre aufschloss um den Typen – der immer noch gut aussah und roch – einzulassen. Er reichte mir die Hand, meinte: „Schön, Sie wiederzusehen", grinste und eilte weiter zu meinem Chef.

Am nächsten Tag sprach mich dieser auf die Situation an. Ob ich den Herrn denn gut kennen würde? Ich verneinte. Ob ich mich aber gut an ihn erinnern könne? Ich verneinte abermals. Also, das heisst ich log, aber das musste er ja nicht wissen.

„Ach nein? Mir hat er erzählt, dass er dich vor ein paar Jahren schon mal getroffen habe und du ihm immer hinterhergelaufen bist um sein Parfüm zu riechen und ihn anzustarren."

Ui.

Nichts war mehr mit Coolness und Unerschrockenheit. Ich war baff, biff, buff und alles zusammen!
Der alte Verräter!
Das nächste Mal als er bei uns revidierte, hätte ich ihm am liebsten saure Milch in den Kaffee geschüttet. Haben wir nicht. Bücher manipulieren, damit er sich Nächte beim Zahlendrehen um die Ohren schlagen muss, durfte ich nicht, und einen Teil seiner Lockenpracht heimlich abschneiden ging auch nicht.
Souveränität siegte zuletzt schliesslich doch. Lächelnd brachte ich ihm Kaffee und bin ihm am Telefon ohne Stammelei Rede und Antwort gestanden. Vielleicht bereut er, eine so galante Lady wie mich verpetzt zu haben. Vielleicht auch nicht. Ist egal. Mein innerer Sieg reicht mir völlig aus.
Trotzdem wäre es mir lieber, die Duft-Story wäre unter Verschluss geblieben.

Ich hatte mal eine Freundin, der war nichts zu peinlich – ihr erinnert euch an meinen Schnäbi-Test? Das war eine davon... - sie hat uns mal eine Übernachtung in einem Hotelzimmer ausgehandelt. Bei wildfremden Typen. Ohne zu bezahlen. Völlig cool und unerschrocken.

Das ging so:

Wir waren zu Fünft an ein Winter-Openair gefahren, feierten voll ab und wollten natürlich bis zum nächsten Morgen durchmachen, um dann den ersten Zug zurück nach Bern zu nehmen. Die Konzerte waren tagsüber. Um 1 Uhr waren wir dann so müde und kaputt, dass wir nur eines wollten: ins Bett! Da waren aber keine. In der Disco wollten sie uns nicht auf den Sofas haben, wenn wir nichts konsumieren und nur herumliegen würden. Die Jugendherberge konnten wir nicht finden – nur ein Hotel neben dem Bahnhof. Da schlichen wir uns rein und legten uns in irgendeinem Stock einfach auf dem Boden. Die zwei Jungs mussten ihre Oberschenkel für uns drei Mädels hinhalten. Plötzlich zuckte eine meiner Begleiterinnen auf; sie hatte hinter einer Tür Schritte gehört. Sofort war sie auf den Beinen und klopfte leise an besagte Tür. Diese öffnete sich einen Spalt. Zuerst kam ein Wuschelkopf zum Vorschein. Dann ein paar kleine Äuglein und schlussendlich stand da ein junger Typ in Pyjamahosen und wir sahen in ein ratloses Gesicht. Tja. Was könnten drei junge Frauen und zwei Typen, die er noch nie vorher gesehen hatte, wohl nachts um halb zwei wollen? Meine Freundin redete auf ihn ein. Nach zähen Verhandlungen raunte sie uns zu „Auf! Wir können bei ihnen schlafen."

Wir alle im Gänsemarsch in dieses Hotelzimmer rein. „Ihnen" waren drei Jungs, die sich ein Mehrbettzimmer teilten, weil sie auf dem gleichen Konzert gewesen waren wie wir. Nur hatten sie halt vorsorglich ein Zimmer reserviert. Aber sie hatten noch genug Platz für uns fünf. Nämlich einen in der Badewanne, drei auf dem Boden und ein verbliebenes Bett, dass wir anstandslos unserer Verhandlungsführerin zugestanden. Immerhin hatten

wir jetzt die Möglichkeit, nachts auf die Toilette zu können – der Typ, der in der Badewanne schlafen musste, konnte aber von Glück reden, dass wir es uns alle verkniffen bis am nächsten Morgen.
Da gingen wir, ohne die Original-Zimmermieter zu wecken, auf unseren Zug. Zwar mit steifen Nacken, aber was tat man nicht alles für ein Openair-Konzert im Winter?

Apropos Konzert; da gibts auch noch ein Schmankerl... einmal fand eine Sonderaufführung - als Autokino aufgezogen - des Filmklassikers „Grease", statt. Da ich sowohl auf die Autos auch als auf die Typen aus dieser Zeit stehe, war ich natürlich live vor Ort.
Und da waren sie; die „echten" Fans. Mit Cadillacs und wasweissichfürKarren führten aufgegelte Johnnys ihre Sandys in Polka Dot-Kleidern aus und trugen ihre Kamms (Kämme? Kämmer? Kammsen?) zur Schau.
Doch mein Blick blieb an einem Bestimmten hängen. Ein wahrhaft realistisch aussehender James-Dean-Verschnitt; in Gross. Die Haare zur tollen Tolle gestylt, die Zigarette locker im Mundwinkel hängend, die Jeans über den Cowboystiefeln hochgekrempelt.
  Wow.
Der Inbegriff von cool. Von Vintage-Chic. Und Selbstbewusstsein. Läuft der wohl immer so rum?
Ich kann nicht anders, als ihn aus den Augenwinkel zu fokussieren und jede seiner Bewegungen in mich aufzusaugen. Sabberei vorprogrammiert.
Dann sehe ich ihn eine neue Zigarette hervorkramen und mache mich auf, es ihm gleichzutun. Vielleicht gibt er mir ja (noch mehr) Feuer? Während ich mir den Weg durch die shakenden und `rollenden Leute bahne, sehe ich ihm zu, wie er mit einer einzigen grazilen Bewegung sein Feuerzeug (so eines mit Ben-

zintänkchen unten, Deckel und so) über die Sohle seines linken Schuhs dingselt[20] und so tatsächlich Feuer macht. Ugh. Noch nie hatte ich einen Mann so ästhetisch Feuer machen gesehen! Ich preschte nach vorne um meinen Glimmstängel in die Brunst zu halten, als der Typ sich plötzlich umdrehte und einer anderen Frau - die war mir gar nicht aufgefallen vorher; das Bild von einem Mann hatte sie verdeckt - einheizt. Also ihrer Zigarette, meine ich.

Huch.

Ich versuche mit einer möglichst natürlich und flüssig aussehenden Bewegung die Richtung noch anzupassen und renne knapp an dem Pärchen vorbei. Der Typ gibt mir trotzdem Feuer - unterm Hintern. Bloss weg hier!

Ich habe wohl ein Talent dafür, mich in Männer zu vergucken, die so gar nicht geeignet sind für mich. Entweder weil sie vergeben, verlobt, verheiratet, verschieden…äh…geschieden oder ganz einfach nur nicht an mir interessiert sind. Das ist ein internationales Problem. Gerne warte ich auch hier wieder mit einer Geschichte zum besseren Verständnis auf: Deutschland.

Da war ich mit meiner Mannschaft einige Male. Entweder zur Welt- / Europameisterschaftsvorbereitung oder für Spassturniere. Letztere kamen etwas öfter vor. Unsere Mannschaft entschied stets im Plenum, wo es hingehen sollte und diejenigen, die Lust und ein freies Wochenende hatten, fuhren dann nach wo-auch-immer. Es gab Turniere, da fuhr man zum Zelten hin. Meistens ging es aber um den Schwung von der Feld- zur Hallensaison und wir konnten ins Hotel, der Kälte wegen. In der Turnhalle wurde dann vielfach auch das dazugehörige Fest ausgerichtet. Zu gewinnen gab es einen Pokal und für die meisten einen schönen Kater. Ja, auch in diesem Zustand musste man mal Hockey gespielt haben…

....
20   wenn hier wem ein passender Begriff einfällt: bitte melden!

Wir waren also wieder mal an so einem Turnier – die ich übrigens echt mochte, denn ich war und bin ausserhalb meines angestammten Jagdbezirks immer viel lockerer, was Männer anbelangt. Schliesslich war hier die Flucht am nächsten Tag schon geplant, sollte ich wieder mal sein (wem auch immer…) Hemd mit Wein bemalt oder beim Tanzen einige Zehen gebrochen haben. Da bei unseren Männern kein Torwart mitgekommen war, stand ich halt bei denen und unserer Frauenmannschaft im Tor. Das trauten sich nicht viele; die Männer spielten und schossen schneller und härter als die Frauen. Aber da ich in Sachen Grösse viele Männer noch überragte, war das für mich keine Sache. Gepolstert war ich ja an den wichtigsten Stellen – übrigens heisst ein Glöggeler für Frauen (flachgedrückt) Suspensorium, lustig gell! – geschützt und konnte eben einen, der mir zu nahe kam, gut umnieten.

Das ganze Turnier lief ich aus irgendeinem mir noch heute unbegreiflichen Grund zu absoluter Höchstform auf und hielt fast sämtliche Bälle. Ein Shoot-out nach dem anderen. Ich wusste bis dahin gar nicht, was das ist. Erst im Finalspiel beim Penaltyschiessen hatten wir, mit einem Tor mehr, verloren. Den Pokal habe ich schliesslich dann von der Gewinnermannschaft geschenkt bekommen.

Normalerweise war ich nach den Spielen immer gleich in die Garderobe um aus meiner Verkleidung zu steigen. Aber als ich nach dem Finalspiel zur Siegerehrung meinen Helm auszog ging ein Raunen durch die Leute. Ein Einheimischer nahm mich dann beiseite und meinte – wohl immer noch vom Vorabend bedusselt – er hätte erst bemerkt, dass ich eine Frau sei, als ich den Helm abgenommen, und er in meine blauen Augen hatte blicken können. Nun, ich nehme an, dass sollte ein Kompliment an mein Spiel sein. Die Spieler hatten alle gar nicht mitbekommen, dass ein Mädchen bei Bern im Tor stand. Das gab natürlich Anlass zu Diskussionen. Vor allem aber wollte mir jeder die Hand schütteln, mir in die blauen Augen blicken und einer wollte sogar, dass ich für seine (Frauen-)Mannschaft spiele. Ich müsse mich um nichts kümmern, Wohnung und Arbeit würden sie besorgen, nur der tägliche Trainingsbesuch sei obligatorisch. Was für ein Angebot! Für mich leider unannehmbar. Zu dieser Zeit stand ich mitten in der Lehrzeit und Sport – wie auch alle anderen Hobbies die ich hatte – sollten Freizeitbeschäftigung bleiben. Obwohl es Zeiten gab, an denen ich fast täglich in irgendein Training fuhr, hatte ich auch Phasen, in denen ich Sport gar nicht mehr abkonnte. Diese Freiheit wollte ich auch weiterhin haben. Mit klimpernden Wimpern und dem Pokal in der Tasche verliessen wir dieses Turnier.

Ich werde diese Zeit nie vergessen. Nicht nur wegen meinem Triumph über die männlichen Hockeyspieler, sondern weil ich mich da einmal mehr Hals über Kopf verknallt habe. Und hier beginnt das internationale Problem.

Am Abend vorher war, wie erwähnt, die obligate Turnierfeier. Die fing um sechs oder sieben Uhr an mit Abendessen, und hörte im schlimmsten Fall um sechs oder sieben Uhr mit dem Frühstück auf. Schon beim Reinkommen hatte ich einen Mann erblickt, der locker auf einem Stuhl sass und sich mit seinen Mannschaftskameraden unterhielt. Er warf mir einen kurzen Blick zu und wandte sich wieder ab. Seine Augen schienen durch den ganzen Raum und erleuchteten mein Herz. Schnulzig. Aber war wirklich so.
Den ganzen Abend hatte ich ihn im Visier. Obwohl an diesem Abend aussergewöhnlich viele Männer mit mir tanzen wollten, 6 um genau zu sein – Frauen waren die einzige Mangelerscheinung an diesem Event – gingen mir diese Augen nicht mehr aus dem Kopf und dieses leicht brennende Gefühl nicht mehr aus dem Bauch. Er tanzte mal mit dieser, mal mit jener, sah aber auch immer wieder zu mir. Ich bildete mir das wohl wieder ein; meine Fantasie meinte es manchmal zu gut mit mir. Tatsächlich kam er

aber um Mitternacht plötzlich zu meinem Tisch – ich hatte alle Männer mit genug blauen Flecken vom Tanzen bedient – und setzte sich ohne etwas zu sagen. Wieder diese Augen. Ich sah ihn an und sagte nichts. Was sollte ich denn tun? Für ein „Hallo" war es irgendwie zu spät und die typisch deutschen „na's" kannte ich damals noch nicht. Stunden vergingen in meinem Hinterkopf. Ich unterbrach den Augenkontakt nicht. Zum ersten Mal konnte ich einem Mann in die Augen sehen ohne rot zu werden, davonzulaufen oder mit meiner Stammessprache anzufangen. Er beugte sich zu mir und fragte mich ob ich mit ihm tanzen möchte. Ich versuchte ein Lächeln zustande zu bringen und zeigte auf die Alkoholleichen die am anderen Tisch sassen/lagen. „Die habe ich schon kampfunfähig gemacht. Sorry, Paartanz ist nicht mein Metier." Er lachte – er lachte tatsächlich ab meinem missglückten Witzversuch – zog mich hoch und ganz zu sich. So hatte ich gar keine Chance, ihm mit meinen Knien blaue Flecken zu machen oder mit meinen Füssen seine zu zertreten. So eng tanzten wir. Wie wenn wir eins gewesen wären. Noch während dem Song überlegte ich, was nun passieren würde. Würde er mich mit zum Knutschen nach draussen nehmen, wo schon eine beträchtliche Anzahl Spieler/ -innen Multikulti betrieb oder wollte er mit mir in den Morgen spazieren und über Gott und die Welt sprechen? Vielleicht hatte ich auch einfach Glück und er würde mich für den Rest meines Lebens in seinen Armen halten.

Nach „Unchained Melody" drehte der, wohl auch betrunkene DJ, wieder voll auf. Irgendwelche Girls schrien laut nach regnenden Männern (heiteres Songtitelraten) und meiner fühlte sich angesprochen. Er verschwand auf die Toilette und liess mich mit pochendem Herzen zurück. Als er zurückkam stellte er mich seinen Mannschaftskollegen und seiner Frau vor.

Jap.
Seiner Frau.

Die spielte bei der Heimmannschaft. Und sie hatte ihm gesagt, er solle mit mir tanzen. Ich sässe so alleine da.

Ach menno!

Am nächsten Morgen – Finale – war ich die Erste bei der Turnhalle – war ja wahrscheinlich auch die Einzige die keinen Alkohol getrunken hatte – und wartete zwei Stunden auf die 3 Mannschaften, gegen die wir hätten spielen sollen. Meine Mannschaft war auch nicht wirklich vollzählig. Macht nichts. Genau wegen dem fuhr man an solche Turniere. Nicht um zu saufen, nein! Um sich auszutauschen, Freude an seinem Sport zu haben und eben auch um zusammen zu feiern.

Das Finale wurde dann ja doch noch ausgetragen. Mein Typ vom Vorabend, der mit der Frau, war derjenige, der die grössten Augen gemacht hatte, als ich den Helm abnahm. Aber ich ignorierte ihn gekonnt. Ich habe auch meinen Stolz!

An einem anderen Hockeyturnier in der Nähe von Stuttgart, spielte gerade eine Live-Band alte schnelle Songs, als meine Mannschaft und ich im Auswärtsdress auf der Bildfläche erschienen. Es groovte und rock'n'rollte. Ich konnte mich nicht mehr halten. Mit beiden Füssen in der Luft tanzte ich mich ins Getümmel. Die Sicht auf den Frontsänger wurde mir von einem Zweimetermann vor mir versperrte. Ich tippte ihm dezent aufs Schulterblatt. Er drehte sich um und ehe ich überhaupt dazu kam, irgendeinen Gedanken zu fassen sprudelten auch schon Worte aus mir heraus. „Nicht, dass ich dich nicht gerne ansehen würde, aber momentan wäre mir der Frontmann lieber." Ach du mein heiliges Kanonenrohr! Was hatte ich da eben gesagt?

Der Typ trug ein blaues T-Shirt mit dem Aufdruck „Du hast tolle Augen. Was willst du zum Frühstück?" Ein Aufreisser also. Und er fühlte sich angemacht von mir. Na super … Ich hatte keine Chance, mich an ihm vorbeizudrücken und der Fluchtweg nach hinten war verbaut. Ich musste mich seiner Entgegnung stellen.

Sekundenlang musterte er mich von oben bis unten. Schliesslich trat er zur Seite und machte mir Platz. Was? Einfach so? Skeptisch blickte ich in die Runde. War da irgendwo eine versteckte Kamera? Wo waren die Lacher, die aufbrausen sollten, weil ich mit hochrotem Kopf vor diesem Hünen stand und nichts Besseres wusste, als sein Äusseres zu bemäkeln? Nichts von alledem. Nun denn, hatte ich also freie Sicht.

Ich hoffe, der Mann hatte am nächsten Tag wenigstens Rückenschmerzen, seine Hand hat meinen Hintern als Wegzollpfand nämlich bis zum Ende des Konzerts begleitet. Aber ich steh dazu, dass ich da drauf steh (also, dass mir einer den Hintern wärmt). Vielleicht das nächste Mal ohne peinliche Vorgeschichte?

Wobei ich auch so ein Erlebnis hatte, das mich bis heute nicht loslässt: in einer Disco fiel mir und meinen Kameradinnen auf, dass es doch ein wenig viel Männer – alles gut aussehende – hatte und wenig Frauen. Vielleicht war denen ja die Anfahrt zu lang? Kurz nach Beendigung dieses Gedankens fühlte ich eine erste Hand an meinem Allerwertesten. Ich setzte mein strahlendstes Lächeln auf – wir wissen ja jetzt, warum - drehte mich um und schaute …. Ins Leere! 20 Zentimeter unter meinem Sichtfeld fand sich dann ein junges, härziges Mädchen, das mich anstrahlte. Ich schluckte. Einmal. Zweimal. Potzwüeschti Wulche[21], was ging hier vor? Eine Bewegung in meinem Augenwinkel machte mich auf zwei Typen aufmerksam. Ich sah genauer hin und machte mir gedanklich Notizen: „Zwei hübsche Typen. Zunge im Mund des jeweils anderen. Hände irgendwo zwischen Bauchnabel und Kniescheibe." Langsam dämmerte es mir. Wir waren auf einer Party für Homosexuelle gelandet. Nun, nicht mein Zielpublikum. Ich stammelte ein „Sorry!", packte meine zwei Freundinnen beim Kragen und schleppte sie nach draussen. Die zwei hatten absolut nichts mitgekriegt und wollten gleich wieder rein, auch nachdem ich sie aufgeklärt hatte. Nirgends könnte man so ungestört tanzen wie

....
21 Ach du grüme Neune…

hier. Ich machte ihnen verständlich, dass das nicht unbedingt zutreffen muss und überliess die beiden ihrem Schicksal.
Ich habe schon genug damit zu tun, nicht mit Typen reden zu können – Mädchen würden mich wohl noch mehr überfordern.

Für eine normale Konversation mit einem Mann, der mir gefällt, bin ich wohl ziemlich untalentiert. Übung macht die Meisterin – hoffentlich stimmts! Denn…
Vor einiger Zeit kam ich auch wieder in eine Situation, die so nicht vorhersehbar war; zwei Männer sassen mit mir im Auto auf der Rückbank; einer rechts, einer links. Beide hatten mich sich schöngesoffen, denn wenn man schon chauffiert wird, ist das auch erlaubt – also, das Trinken. Unabhängig voneinander nahm der links eine meiner, und der rechts meine andere Hand, in seine (chunnsch drus?[22]). Nach ein paar Minuten fingen wieder beide fast zeitgleich an, mit ihren Fingern über meine Handrücken zu streicheln. Ich war total überfordert mit der Situation. Erstens einmal der unvorhergesehene Umstand, dass jemand meine Hand halten wollte. Und dann noch jemand anderes. Ich überlegte kurz, was in solchen Situationen zu tun ist, erinnerte mich an die Holländer und beschloss, bei nächster Gelegenheit die Flucht zu ergreifen. Bis dahin dauerte es aber noch eine Weile, denn ich war ja in einem fahrenden Fahrzeug. Ich warf also abwechslungsweise ein Lächeln nach links und rechts, bedankte mich höflich für die Aufmerksamkeit und meldete meiner Freundin und ihrem Freund nach vorne, dass ich mal müsse und sie doch bitte bei nächster Gelegenheit anhalten sollen. „Wir sind gleich bei dir zu Hause, 5 Minuten. Hältst du es noch so lange aus?" kam die Antwort. Ich bestätigte, dass diese Möglichkeit durchaus überlegbar sei und lehnte mich weiter vor, um das Gespräch aufrecht zu erhalten. Dazu musste ich – wie geplant - mei-

22   Verstehste?

ne Hände wieder in meinen Besitz bringen, wenn ich niemandem das Handgelenk brechen wollte. Sorry guys; ihr wart super! Aber ich war und bin so ein Feigling, dass ich manchmal einfach nicht mit einem Anspruch an eine meiner Hände klarkomme. Bei zwei komme ich überhaupt nicht mehr klar.

Ihr könnt euch vorstellen wie das aussieht, wenn ich die nächste Stufe der Intimität erklimmen will.
Wenn ich nämlich tatsächlich einmal in die Situation komme, einen Mann verführen zu sollen, wollen und können, dann knicke ich entweder mit den High-heels, die ich passend zur Situation einmalig aus dem Schrank hervorgezaubert habe, ein und knalle mit dem Kopf auf die Bettkante, verheddere mich endlos in dem schönen neuen Straps-Outfit und stehe schliesslich da wie ein gestrandeter Zaubererlehrling, rutsche auf dem Deckel einer Keksdose – der da per Zufall rumliegt – aus, das Blechding fliegt gegen das offene Fenster, knallt gegen die altmodischen Fensterläden, welche sich sofort selbstständig machen und dem Haus auf der anderen Strassenseite winken. Ich liege schon wieder am Boden oder ich bekomme ganz einfach Schluckauf. Das ist echt abtörnend!

Es gibt Menschen, die verzeihen mir meine Special-Effects, tolerieren sie oder finden sie sogar härzig.
Ich bin auch schon von einem Partner (der einen Schlüssel besass, vorher geklingelt hatte und da niemand öffnete, aus Angst, mir sei etwas passiert, in die Wohnung gekommen war) in Unterwäsche und verschwitztem T-Shirt, die Ohrstöpsel montiert und in Socken, durch die Wohnung hüpfend, erwischt worden. Ihr habt es erfasst: Ich hatte meine eigene Mini-Playbackshow veranstaltet und dabei alle Vorsicht fahren lassen. Er hat sich nie von diesem Anblick erholt und während der weiteren Dauer un-

serer Partnerschaft eine unwillkürliche Abneigung gegen sämtliche Grease-Songs entwickelt.

Habe ich es, trotz Pannen, geschafft, mit dem Mann im Bett zu liegen und langsam zum Ernst der Sache zu kommen, ist es noch lange nicht vorbei mit Fettnäpfchen!

Einmal hielt mein damaliger Freund mitten im Akt inne. Er brach in schallendes Gelächter aus und konnte sich nicht mehr erholen. Auf meine dezente Nachfrage antwortete er zwischen Schluckauf und Lachanfällen, dass ich gerade wie ein hingeworfener, nicht gebackener Grittibänz ausgesehen hätte. Dabei hatte ich nur versucht, mich am Bettrand festzuhalten um nicht ständig mit dem Kopf gegen die Wand zu schlagen… „Schön, wenn ich Leute zum Lachen bringen kann – aber doch nicht jetzt!" dachte ich.

Einen weiteren Lachanfall löste ich aus, als ich für ein Date bei mir zu Hause kochen wollte. Den Typen kannte ich schon länger flüchtig. Aber nach einem Grillabend (immer diese Grillfeste, das muss ich mir merken) hatte er sich einfach zu mir nach Hause eingeladen und angekündigt, den Nachtisch mitzubringen. Ich also in Lackpantoffeln und Ledermütze geschlüpft und ab in die Küche. Da stand so eine Flasche Rotwein rum die ich besorgt hatte. Irgendwie schoss mir durchs Gehirn, dass Wein atmen muss bevor man ihn trinkt. Also entkorkte ich ihn – ja, das kann ich! – und liess das Gesöff stehen. Langsam breitete sich ein leichtes Alkoholdüftchen aus und ich befürchtete, einen zu starken Rebensaft gekauft zu haben. Den musste ich vorher degustieren. (Das war noch vor meiner Alkoholabstinenz, sprich: meinem Führerschein.) Will ja nicht als vollkommene Banausin dastehen. Ein Schlückchen. Ein Schluck. Zwei Schlücke. Passte! Reis war am köcheln, Fleisch im Ofen, Konservengemüse in der Mikro,

Güetzi[23] waren abgepackt gekauft, was nun tun? Vielleicht, einen dritten Schluck? Aber dann hätten wir ja zum Essen nicht mehr genug? Doch, doch, ich war so frei und hatte gleich zwei Flaschen gekauft, weil ich nicht wusste, ob er Rot- oder Weisswein mag. Jetzt hatte er halt einfach Weisswein zu mögen.

Langsam schlich sich der rote Trank durch meine Adern in den Kopf. Den Reis suchte ich vergebens im Wohnzimmer. Den Kochlöffel hatte ich irgendwie verlegt und erst am nächsten Morgen im Flur gefunden. Und wo war das Geschenk für meinen Besucher? Hatte es sich etwa davongeschlichen?

Zwei Sekunden später klingelte es. Den Öffnerknopf fand ich zum Glück noch selber, aber meine Lustigkeit hielt weiter an. Ich wollte ihm die Tasche abnehmen und er mir die Jacke geben. Das Dessert fiel diesem Malheur zum Opfer und auf den Boden. Macht nichts, ich hatte ja noch Weisswein.

Mein Date hatte die Situationskomik nicht gleich erfasst und fiel auf die Knie um den Schokokuchen noch zu retten. Ich hängte seine Tasche und Jacke an den Garderobenständer – wo sie ein paar Stunden später nicht mehr zu finden waren, dafür aber fröhlich am Duschkopf baumelten – und bat ihn, doch am Tisch Platz zu nehmen. Essen sei gleich fertig. Er musste zuerst noch aufs Klo. Als er dann mit einer tropfenden Gummiente – mein Geschenk für ihn – zu mir in die Küche kam, gab ich auf. Wir gingen ins Restaurant. Ich zahlte. Punkt.

Nicht nur bei potenziellen Partnern benehme ich mich manchmal peinlich. Auch mein erstes Mal war da mustergültig. Beim Frauenarzt meine ich …

Ich hatte mir alle Broschüren durchgelesen und wusste was ich mitbringen und anziehen soll. Beim ersten Mal passiert noch nichts Gravierendes – anscheinend – man redet nur. Ok, ich dachte nur an mein Verhüti und dann ab und davon. Denks-

---

23   Kekse.....mmmmh, Kekse!

te! Zuerst wiegen. „Was ist Ihr aktuelles Gewicht?" wollte die Dame am Schalter wissen. Ich dachte an mein Wohlstandsbäuchlein und zog vom geschätzten Wert circa Pii mal Handgelenk ab. „70!". Die Dame sah mich an und schubste mich in eine Kammer. „Schuhe ausziehen und in das blaue Viereck stehen." Was das sein sollte, überlegte ich mir gerade, da kam die Frau schon wieder angehuscht und fragte mich, wann ich denn das letzte Mal meine Tage/Periode/Menstruation/Besuch von Tante Rosa/Himbeersirup oder wahlweise Überflutung/Überschwemmung gehabt hätte. Wie gross ich sei, ob ich sicher sei, dass meine 70 geschätzten Kilos realistisch seien, ob ich zurzeit aktiven Beischlaf betrieb und ob ich bereits ein Verhütungsmittel benütze oder einnähme. Ob. Ob. Ob. Ich hatte während ihres Monologes bemerkt, dass ich auf einer modernen Waage mit Digitalanzeige über meinem Kopf stand. Gut. Ich hatte gemogelt. Na und? Ich wurde etwas rot, aber nur etwas! Noch war ich im Normalbereich der alltäglichen Notlügchen.

Schlimmer wurde es, als ich beim Schuhe-wieder-anziehen mit dem T-Shirt am Gürtel hängen blieb und mir das Oberteil längsseits aufriss. Ich sollte mich doch noch nicht nackig machen vor dem Doc! Er quittierte das Malheur mit einem schiefen Grinsen und einem Kopfnicken.

Da ich bereits koitiert hatte, wollte er trotzdem einen Abstrich machen (für die Männer – Probe aus dem Ursprung des Lebens; der Gebärmutter mit einem längeren Wattestäbli. Damit das möglich ist, öffnete er mit einem gewärmten Eisenteil den Zugang und hat so freie Sicht auf unser Heiligstes). Ich stimmte nervös zu und kriegte natürlich prompt beim Anblick des Wattestäbchens einen Scheidenkrampf! Nichts ging mehr! Die Sicht war getrübt und die Blockade konnte nicht schmerzfrei entfernt werden. Da half weder gutes Zureden noch Massage.

Meine Muskeln sind halt sehr ausgeprägt …

Da fällt mir doch glatt die Geschichte von den zwei Liebenden ein, von denen der Typ im Militär Dienst leisten musste und sie aussen am Maschendrahtzaun jeden Abend auf ihn wartete. Als beide es nicht mehr aushielten, versuchten sie durch den Zaun hindurch einander zu besteigen und sie bekam was? Einen Scheidenkrampf! Er kriegte sein Gemächt nicht mehr aus ihren Gemächern und so hingen sie fest. Weder vor noch zurück. Hinein oder hinaus. Nichts! Schliesslich musste irgendwer sie mit einer Zange freischneiden und so ins Spital einliefern. Nach einer guten Dosis Beruhigungsmittel hat die Dame den Herrn in Uniform dann endlich „loslassen" können. Schöne (wahre) Geschichte … So schlimm ging's mir dann doch nicht beim Doc!

Das Thema Figur, Gewicht, dick sein also bin ich, ist aber natürlich auch in meinem Denken ein Dauerbrenner. Nicht nur, wenn ich mit vorgehaltener Waffe auf die Waage gedrängt werde.
Seit einem doppelten Beinbruch in jungen Jahren, sind da Kilos an mir festgeklebt, die hartnäckig haften bleiben. Ob in meiner früheren sportlichen Laufbahn, oder heutzutage bei meist sitzender Tätigkeit in Beruf und Freizeit. Die Dinger wollen nicht weichen.
Bis nach dem Ende meiner letzten Beziehung hielt sich das optische Ausmass in Grenzen, dank Kalorienabbau-Dauerbrenner Sex und anstrengendem Rumgejucke auf Bühnen oder Tanzflächen.

Was ist denn, wenn figurliche Schwankungen Auswirkung auf das Sexleben haben? Wenn er nicht mit mir schlafen will, weil ich ihm zu unproportional/dick/whatever bin? Nachdem ich ihn vielleicht zum wiederholten Male nicht aus der Reserve hatte locken können, um endlich mal wieder zu sexerlen, und er mir mitteilen würde, dass er sich noch nicht mit meiner Figur hatte anfreunden können? Vielleicht, weil er sich ja schlanke und zierliche Frauen gewöhnt sei. Vielleicht möchte er ja auch noch, dass ich Verständnis habe? Zu viele vielleichts, ich weiss.

Irgendwann hatte ich endlich meine kleinere Selbstkrise überwunden und stehe seither zu mir und meinem Erscheinungsbild. Genau deshalb liess ich mir ein schönes Tattoo an der Leiste stechen. Genau über die Hautstellen, die vom schnellen Zunehmen so richtig schön gerrissen sind. Ich steh dazu, dass ich an manchen Körperstellen wie eine alte Landkarte aussehe. Dafür können meine Liebespartner ja auch gerne mal auf Schatzsuche gehen.

Aber vorher, als ich plötzlich wieder alleine war und trotzdem immer noch für 2 Personen kochte, war das Unheil nicht zu bremsen. Eigentlich war es mir egal, ich musste niemandem – ausser mir – Rechenschaft ablegen und fand im Essen die optimale Frustbewältigungstherapie. Dachte ich.
Denn irgendwann entstand aus den daraus folgenden Figurproblemen neues Frustpotenzial.
Erst, als bereits gesundheitliche Schäden mit dem Hammer Safri Duo Covers auf meinem Kopf spielten, bin ich aus meiner kulinarischen Lethargie erwacht.
Eigentlich kommt es bei diesem Thema nicht unbedingt aufs Gewicht an – solange eben gesundheitliche Folgen vermieden werden können – sondern darauf, ob man sich wohl fühlt in seinem eigenen Körper. Ich tat das nicht mehr. Die Männer die ich traf, schienen das sofort zu spüren und signalisierten lückenlos ihr Desinteresse. Das konnte meinen Wohlfühlfaktor nicht unbedingt steigern.

Um fünf vor Zwölf ging ich zum Arzt, zur Ernährungsberaterin und zu sämtlichen Seitensammlungen, die Freund Internet zu bieten hat – wenn denn die Verbindung ausnahmsweise mal zustande kommt und nicht im Bernertempo rumtümpelt – suchte, und fand die aberwitzigsten Crash-Diäten, Sportcamps für übergewichtige Leute (dick ist nicht gleich fett), aber auch brauchbare Informationen über Ernährung, Zucker, Fette, Konservierungsstoffe sowie die Erkenntnis, dass Muskeln schwerer sind als Fett, diese dieses aber auch mehr verbrennen.

In der Theorie hätte ich nun also das Wissen, wie ich gesund schlank und rank sein könnte.

Könnte.

Wäre da nicht mein – leider noch nicht eingefleischter – Feind Old Schweinehund, der sich vor Jahren meine Selbstdisziplin gekrallt und im Verlies fast hat verrecken lassen. Eine Zeitlang kann ich ihn in Urlaub schicken. Aber irgendwann beim ersten regnerischen Tag, der mir das Nordic Walken vermiest, während den Olympischen Spielen – ich muss mich ja in Sachen Curling noch weiterbilden – oder einfach, wenn ich mal einen schlechten Tag habe, kommt er wieder, springt mir auf die Schultern und nötigt mich, abzusitzen. Und da bleibe ich dann auch. Bis zum nächsten Motivationsschub, der aber immer länger auf sich warten lässt.

Hallo Jojo. Adé Fitnessstudio.

Ich bin ja eher unproportioniert; die seitlichen und busigen Kurven unterstreichen meine Weiblichkeit. Wäre da nur nicht die Alpenkette über meinen Bauch und Oberschenkel. Die einzige Talfahrt ist mein Bauchnabel.

Männer stehen ja angeblich auf Kurven – ohne, dass ich allzu fest verallgemeinern will. Aber wenn sich die Kurventrägerin mit der Rennleitung uneins über den Streckenverlauf ist, sind sowieso Wasser und Zitrone verloren. Hopfen und Malz nicht. Bier macht nicht dick, nur hungrig.

Es gibt Menschen, die sind auch übergewichtig noch attraktiv, haben ein hübsches Gesicht und dieses Zwinkern in den Augen, das von sämtlichen anderen Körperteilen ablenkt. Ich kann mir gut vorstellen, dass sie sich in ihrem Körper wohl fühlen und glücklich sind. Dank Ausstrahlungsmagnetizität haben sie vielleicht auch eine feste Beziehung. Schön! Ich wünsche ihnen, dass kein Dritteinfluss – namentlich Gesundheit – ihr Glück trüben wird.

Attraktivität hat doch nur in den oberflächlichsten Fällen etwas mit dem Gewicht zu tun. An mir habe ich festgestellt, dass etwas Masse am Körper meines Umarmungspartners nicht nur warm gibt, sondern sich auch noch gut anfühlt. Ich mag das.
Es zieht kein kalter Wind durch seine Rippen und gut beschützt ist man auch. Männer scheinen gegen aussen hin weniger Probleme mit ihrem Gewicht zu haben. Ich denke, dieser Eindruck kann täuschen. Werden sie nicht allzu oft als Kuschel- und Ausweinpartner missbraucht, bis dann der nächste Muskelgott auftaucht? Wie viele haben schon zu hören bekommen „Du bist wie ein Bruder für mich!" obwohl sie eigentlich eher unbrüderliche Absichten gehabt hätten? Leute, wenn ihr nur kuscheln und eine nasse Schulter kriegen wollt, bitte! Möchtet ihr aber Liebhaber sein, dann zeigt das auch! Schaut nicht auf den Boden oder eure Schuhe. So verpasst ihr das schönste der Welt – nämlich ein ehrliches Lächeln eures Gegenübers. Wir Frauen haben irgendwie diesen unsichtbaren, allgegenwärtigen, hinterhältigen Druck, schlank zu sein, um in der Gesellschaft als gleichwertig angenommen zu werden. Erst wenn über 30, bemerkt der Mann von Welt, dass unschlanke Frauen auch ihre Daseinsberechtigung haben.

Schon zu meinen Ausgeh-Anfangszeiten mit 16, haben mich ältere Männer immer angezogen (zum Glück noch nicht aus-, hihihi). Mit ihnen konnte ich viel besser reden und locker sein. Mit gleichaltrigen Männern konnte ich's nicht so. Sie auch nicht unbedingt mit mir. Nun werde ich immer älter und meine Zielgruppe bleibt dieselbe - Ich komme dem Alter, in dem mir Männer am meisten entsprechen, immer näher.
Natürlich gibt es immer auch Ausnahmen; aber die sind weder

mit einem blauen Punkt auf der Nase für mich markiert, noch sind sie mir allzu häufig begegnet. Sowieso liegt das Problem wohl nicht am Aussehen allein, sondern am Ort des ersten Kennenlernens. Welcher Mann will schon in der Disco von einer grossen, unproportionierten, witzereissenden, schlupflidrigen Typin angemacht werden, wenn neben ihr die zierliche, rehäugige, stille Freundin steht, die durch dezentes Desinteresse seine Aufmerksamkeit auf sich zieht? Habe ich alles längst kapiert. Ich bin nicht auf den Kopf gefallen, bin vielseitig interessiert, kümmere mich um meine Mitmenschen und habe einen soliden Charakter. Bin also ganz normal. Wie du, und du auch. Ich weiss, was ich zu bieten habe. Aber diese Eigenschaften sieht man mir ja im ersten Augenblick nicht an – der erste optische Eindruck zählt. Ich gehöre doch auch dazu. Mein Freund muss mir gefallen, logo oder? Allerdings lasse ich mir meinen Geschmack weder von Printmedien noch Fernsehshows oder Modezaren einreden.

Die meisten Bekanntschaften aus Discos sind eh schnelllebig und kurz. Das habe ich zur Genüge erlebt. Da nützt es mir auch nichts, wenn ich den Typen zuerst Zeit gebe, mich schönzusaufen, bevor ich in den Dialog einsteige. Es gibt Dinge, die beissen sich.
Mittlerweile gehe ich abends nicht mehr aus, um primär Menschen kennen zu lernen. Ausgehen ist sowieso neben Beruf, Ausbildung on-the-job, zeitweise Studium, musischer und poetischer Tätigkeit (sowie zeitweiser Sportlichkeitsanfälle) kaum mehr drin. Diese Zeit will ich mit meinen Freunden verbringen. Dafür versuche ich immer, das Positive aus einer Situation zu gewinnen. Schlanke Mädchen werden meist von vielen Männern umschwärmt. Aber wer die Wahl hat, hat die Qual. Ergo habe ich die nicht. Ich stehe zu meinem Speck – manchmal mehr, manchmal weniger; aber der Speck ist ja auch manchmal mehr und manchmal weniger – und weiss, dass irgendwann ein Mann mit blauem Punkt im Gesicht, oder auch ohne, in mein Leben

tritt, getrat oder getreten ist, der mich so nimmt, liebt und will, wie ich bin, sodass gar keine Unsicherheit bezüglich meines Gewichts – weder bei ihm noch bei mir – aufkommt. Wow, was für ein Gedankenstürm[24]!

Auf der Suche bin ich auch nicht mehr. So, wie man seine verlorenen Kinder im Supermarkt nie wieder findet, wenn man nach ihnen sucht, so verhält es sich mit Männern und Frauen. Ich stehe an der Kasse an, da kommt schlussendlich eh alles zusammen. Zwischendurch mache ich etwas Kassenband-Hopping, um den Überblick zu behalten. Er wird schon kommen. Unterdessen kann ich ja jetzt weiter meinen lyrischen Ergüssen frönen und das Leben geniessen. Gute Idee, findet ihr nicht? Also los!

---

24   *Durcheinandergedings*

Erkenntnisgeschichten

If every day you're near, the rain falls down
I'd stay outside,
if only you say once, you love me too
I'd stay forever
∽

wenn jeden Tag, an dem du nahe bist,
Regen fallen würde,
würde ich draussen auf dich warten
wenn du nur einmal sagen würdest,
dass du mich auch liebst
würde ich für immer bleiben
∽

Wes jede Tag wo du ir Nechi bisch, schiffet,
würdi dusse uf di warte
We du nume einisch würdsch säge,
du heigsch mi ou gärn
Würdi für immer blibe

An dieser Stelle darf ich getrost zugeben: ich habe die Männer studiert! Und ich kann stolz verkünden: man kann keinen anerkannten Abschluss machen! Viele Komiker greifen immer wieder gerne das Thema „Zusammenleben von Männern und Frauen" auf und analysieren gewitzt die Angewohnheiten beider Geschlechter. Zusammenfassend habe ich die Erfahrung gemacht, dass Männer …

…nicht verstehen, warum Frauen bis zu 50 Kerzen in einem Raum, wahlweise auch in der ganzen Wohnung, gleichzeitig brennen haben, auch wenn sie weder den Mann zu kuscheligem Sex verführen wollen, noch überhaupt den Abend in irgendeinem Raum verbringen, in dem tatsächlich eine Kerze lichtelt. Sie sitzen nämlich in der Küche bei einem Kaffee und telefonieren mit der besten Freundin! Eigentlich verstehe ich da die Männer gut, schliesslich müssen wir heutzutage sparen. Ja, auch Kerzen kosten. Je länger diese nämlich brennen, umso länger fühlt man sich als Frau relaxt, redet und redet und findet kein Ende. Die Telefonkosten schiessen in den Himmel. Weil nebenher meistens noch der Fernseher – auf Stumm! – läuft, damit sie ihre Soap gleichwohl nicht verpasst, kostet das nicht nur Strom, sondern auch Nerven. Der nette Herr Freund möchte nämlich vielleicht die Tagesschau sehen. Dem nicht genug, wird Kaffee getrunken – die Maschine auf Stand-by und immer vorgewärmte Tassen – und wenn's hoch kommt, noch ein Bad eingelassen, dessen Wasser nach Ende des Telefongesprächs meist wieder kalt ist. Jaja, aus dieser Perspektive betrachtet sind Kerzen eine Todsünde!

…die stille Aufforderung hinter „Komm lass uns gemeinsam duschen um Wasser zu sparen!" nicht verstehen und stattdessen auf dem ewigen Standby-Knopf herumhacken, den wir seit Jahren gekonnt ignorieren. *Anmerkung der Redaktion: heute haben wir einen Funkstecker, mit dem wir den TV sowie alle angehängten Geräte ganz ausschalten, wenn nicht gebraucht!* Nein, nein, Frauen! Da müssen wir alle sofort damit aufhören! Männer verstehen unsere, zwischen hundert Zeilen hervorgebröckelten, Nachrichten und Bitten nicht. Subtext ist für sie ein Song von den Beatles. Wenn wir etwas wollen und uns nicht getrauen, es gerade heraus anzusprechen, dann sollte die Kommunikation der Partnerschaft im Allgemeinen mal genauer unter die Lupe genommen werden. In einer Beziehung muss man doch sagen können, was man möchte und was man braucht. Klar, man muss auch damit umgehen, wenn der Partner kein Verständnis oder keine Lust hat. Aber da gibt es ja glücklicherweise noch den Versöhnungssex.

…nur etwas gefragt werden wollen, wenn auch eine Antwort erwünscht ist. Männer haben das Problemlöser-Gen, nicht das NurüberProblemeredenwollen-Gen. Wenn wir also keine gescheiten Sprüche, keine (mehr oder weniger) hilfreichen Tipps und auch keine gut gemeinten Ratschläge hören wollen, sollten wir uns an eine unserer Freundinnen wenden.

…weiterhin immer noch nicht begriffen haben, dass Frauen nur das hören, was sie wollen. Je nach emotionaler Temperatur, schreiben wir nach einem Satz des Partners bereits einen Roman im Geiste.
• Liebesroman: positiv für den Mann; sie ist gut gelaunt, sich seiner Liebe sicher und anfällig für Romantik. Der Rest ist eure Sache, Männer!
• Krimi: heisse Verfolgungsjagden im Hinterkopf, potenzielles Fremdgehen (auch ohne jeden Anhaltspunkt, analog div. TV-Serien) und haarsträubende Verdächtigungen. Hier heisst's: aufgepasst!
• Thriller: entweder plant SIE einen gemeinsamen Tanzkurs (ui) oder entwirft grausliche Szenarien, wenn ER nicht Punkt 18 Uhr zu Hause ist > nicht zu verwechseln mit den Verdächtigungen im Krimisektor.

Zusammenfassend bleibt in diesem Abschnitt nur die Erkenntnis: wir Frauen neigen dazu, aus dem Stegreif irgendwelche Märchen zu erfinden, nur weil wir in jedem Satz Subtext vermuten. Ich verrate euch einen simplen Trick: tuts einfach nicht! Ihr wisst nicht, was er genau meint? Fragt ihn. Ihr traut euch nicht? Habt ihr nicht mehr Angst vor dem Ungewissen, als vor der Gewissheit mit der man schlussendlich arbeiten kann?

Weiter geht's…

…den Sinn von Räucherstäbchen nicht erfasst haben; nämlich, dass Frauen daraus eine Kopfweh-Ausrede ziehen können, wenn sie keinen Bock auf Sex haben und den stolzen Mann nicht seiner Männlichkeit berauben wollen (denn DAS passiert gewiss, wenn wir einem Mann erklären, dass wir ihn heute nicht im näheren Umfeld haben wollen). Ein weiterer Grund ist, dass sie den Untersetzer brauchen können, den sie für viel Geld auf einem Bazar in Kenia erstanden haben. Eigentlich mögen statistisch gesehen die wenigsten Frauen den Geruch von Räucherstäbchen. Sie geben sich nur der Illusion hin, dass sie entspannend wirken sollten. Dabei würden sie doch besser den ganzen Schmarrn sein lassen und mit dem Mann ins Bett steigen, das erholt nämlich noch besser und wirkt gegen Kopfschmerzen! Jaja, ich bin da ganz pragmatisch.

…den Erfinder von „Dekor" vierteilen, hängen sehen und im heissen Öl frittieren wollen. Dekor kann eine Frau nämlich immer brauchen. Achtung Schuldenfalle!
Meine Mutter beispielsweise hat immer die beste & passende Dekor an Weihnachten, Silvester, Ostern, Auffahrt, Pfingsten, Sommeranfang, Winteranfang, Geburtstage und Ferienfeeling – ja, sie hat zu Hause Deko, wenn sie in die Ferien fährt. Ist ja überaus toll zum ansehen und es kommen auch immer neue Stücke dazu – aber die Alten die landen nicht im Müll, NEIN! Die bleiben in

einer Kiste hocken, werden ein Jahr später trotzdem wieder hervorgeholt und richtig platziert. Aber wehe man lässt keinen (positiven) Kommentar über die schöne Dekoration fahren; dann ist meine Mama traurig, weil sie sich solche Mühe gegeben hat. Das ist sinnbildlich für alle Frauen; ja, auch für mich. Ich habe zwar nicht eine solch grosse Motivation wie meine Mutter, aber ich besitze auch Weihnachtsdekor, ja! Und auch ein paar Hasen für Ostern, oh ja! Warum, fragen die Männer. Ich flüstere euch jetzt: wir wissen es nicht! Das ist dasselbe, wieso wir mehr als 20 Paar Schuhe brauchen. Obwohl wir keine Probleme hätten, mit einem Paar Turnschuhen durchs Leben zu gehen, macht es uns einfach Freude, die Schuhe zu kaufen! Ich habe tatsächlich ein Paar in meinem Schrank, das habe ich noch nie auswärts getragen, weil ich denke, dass ich nicht mehr als eine Viertelstunde darin stehen kann. Aber ich habe sie, zu meiner eigenen Freude, schon auf der Couch getragen – und diese kleine Freude rechtfertigt den Kauf; jedenfalls für mich!

Und hier ein Insider-Tipp für Männer, die von ihren Frauen gefragt werden, welche Schuhe und/oder welches Kleid sie heute Abend zum Kino, Essen, Gala oder Wiener Opernball tragen sollen: fragt sie, was sie überhaupt tragen will, dann könnt ihr ein besseres Statement abgeben, als wenn ihr einfach mürrisch aufblickt und etwas von Fussballergebnissen faselt. Nur dieser kleine Satz und die Frau hat das Gefühl, dass ihr euch wirklich für ihr Problem – und das ist es für uns, glaubt mir! – interessiert. Denn eine Frau geht nie für sich aus. Sie will zu ihrem Partner passen, genauso zu der Veranstaltung und sie will euch Männern gefallen. Wenn ihr nicht auf ihre klitzekleinen Fragen eingeht, denkt sie, dass sie sowieso keine Chance mehr hat, dass ihr sie anziehend finden werdet. Das führt zu Krach, Krach zu Scheidung und Scheidung dazu, alleine auf Veranstaltungen gehen zu müssen. Und DAS ist ein Problem der Männer, denn sie wissen noch weniger als Frauen, was sie anziehen sollen!

…auch nicht verstehen, warum Frauen immer an ihren freien Tagen (also denen der Männer) jede Minute verplanen müssen. Am liebsten pennen sie aus, lassen sich frisch gebackene Brötchen mit Schokoaufstrich und starkem Kaffee ans Bett bringen (die Frau schweigt sich dabei aus und stellt keine nervigen Fragen) und dürfen dann auch gleich im Bett, rauchend, einen Actionfilm, Porno oder ein Fussballspiel sehen. Das ist alles nur Wunschdenken! Ins Hirn eingepflanzt von der Traumfabrik!

Ich sage euch jetzt: ich habe es versucht! Ich brachte einem temporären Bettgesellen am Sonntagmorgen um 12.30 Uhr, kurz nachdem er aufgewacht war (ohne mein Zutun) ein paar Gipfeli[25] mit O-Saft, Schokoaufstrich und schwarzem Kaffee, wie er ihn mochte, ans Bett. Ich legte ihm die Fernbedienung in Reichweite – natürlich mit Stand-by auf on – drückte ihm ein Müntschi auf die Stirn, ging nebenan in die Küche und begann möglichst leise mit dem Abwasch. Als er nach einem Aschenbecher fragte, brachte ich ihm den sofort, und dazu noch das Fernsehprogramm. Ein paar Minuten später hörte ich ihn ins Bad gehen. Das Fernsehprogramm hatte er mitgenommen und ich wusste, dass er nach dieser königlichen Sitzung ansprechbar sein würde. Als er rauskam, fragte ich ihn, ob er heute etwas machen möchte, ob er sich von mir verwöhnen lassen wollte oder gar einfach nur seine Ruhe wünscht. Er sah mich entgeistert an und fragte mich, was los sei. Ich lächelte und versicherte ihm, dass alles in Ordnung sei. Danach zog er wieder ab ins Schlafzimmer – ich blieb noch in der Küche. Eine halbe Stunde später wollte ich das Geschirr vom Bett abräumen, damit er mehr Platz hatte, und erwischte ihn beim Masturbieren. Ich meinte neckisch „Bist du mit deinem Soloprogramm auf Tournee? Wenn du willst, stehe ich dir auch zur Verfügung. Oder willst du dein Ein-Mann-Zelt alleine aufbauen?" Er lief rot an, atmete hektisch, respektive noch hektischer, und wusste nicht, was er sagen sollte. Schliesslich stotterte er: „Was ist denn heute bloss los mit dir, du bist so zuvorkommend, erfüllst mir all meine Wünsche und wirst nicht

---

25 *Croissants, also diese gebogenen Teile*

einmal sauer, wenn ich mir einen runterhole? Was zum Teufel ist los mit dir, hast du mich betrogen? Du machst mir Angst!" Obwohl ich ihm immer wieder versicherte, dass ich ihn nur verwöhnen und seine Wünsche erfüllen wollte, weil mich das auch glücklich machen würde, verging seine Angst nicht. Er kannte das nicht, dass eine Frau genau das machte, was er sich wünschte.

Alle reden über die eigenartigen Eigenschaften von Frauen. Ich habe sie für einen Tag gänzlich abgelegt und voilà: Männer werden verunsichert, wenn eine Frau einmal so ist, wie sie sich immer gewünscht haben. Wenn sie keine einzige Kerze in der Wohnung hat, keine Fenster umgehend angelehnt werden, wenn eine Zigarette entzündet wird, wenn sie gerne zur Verfügung steht, wenn der Mann den Koitus vollziehen möchte und dann auch noch eine Sexgöttin ist, die ... nein, lassen wir das ... jedenfalls ist das bei meinen Forschungen herausgekommen. Ich habe meine liebe Mühe einen Kerl zu finden. Ich stehe auf Bud Spencer & Terence Hill, bin gross (immer noch), kann Fussball spielen und weiss was Offside ist, ich interessiere mich für Erotikfilme (unter uns; die haben immer so schöne Dekoration) insofern die notwendigen Sicherheitsvorkehrungen getroffen wurden, ich hasse voll gestopfte Wochenenden, hänge lieber auf dem Sofa, ich vertrage zu oftes Kuscheln nicht, kann meine romantische Ader auch mal sein lassen und interessiere mich prinzipiell für alles, was mein Partner macht und unterstütze ihn dabei – sei es Schach spielen, Briefmarken sammeln oder Limericks schreiben. Ich höre auf seine Bedürfnisse, lasse ihn in Ruhe wenn er schlecht gelaunt ist, spiele Krankenschwester wenn er krank ist und habe immer Bier im Kühlschrank. Geht er mit einer Bekannten aus, gilt bei mir zuerst die Unschuldsvermutung; ich kann vertrauen und bin nicht sofort eifersüchtig. Erst bei deutlichen Anzeichen fahre ich die Krallen aus. Aber ihr seht, eigentlich bin ich perfekt für einen typischen Mann! Also kann mir mal einer erklären, warum ich noch Single bin? Ich habe meine Macken und Eigentümlichkeiten, aber meine Fürsorge, Toleranz und mein Verantwortungsgefühl überwiegen. Ausserdem bin ich die Königin der Welt und habe das Rad erfunden. Alles klar?

Diese Aufzählung ist längstens nicht abschliessend aber fürs Erste langts.

Meine Erkenntnis aus diesen Experimenten ist die, dass ich an mir rein gar nichts ändern muss. Singlesein heisst nicht, automatisch unglücklich zu sein. Wenn man über sich selber lachen kann, über die Pannen die einem passieren, über die Lehren die man daraus ziehen kann und wenn man das Lachen an seine Mitmenschen weitertransportieren kann, dann kann man doch gar nicht anders als glücklich sein, oder?

Abschiedsgeschichten

Männer, ich verrate euch jetzt eine kleine Weisheit: Frauen verlieben sich dann und wann. Sobald sie mit dem Auserwählten zusammenkommen, wollen sie ihn – nur manchmal - nach ihrem Gusto verändern. Haben sie das geschafft, wollen sie ihn wieder loswerden, denn schliesslich ist er ja nicht mehr derselbe wie zu dem Zeitpunkt, an dem sie sich in ihn verliebt haben. Deshalb: bleibt wie ihr seid! Und Frauen: bevor ihr überhaupt versucht, einen Typen zu ändern, überlegt euch, ob ihr euch in ihn verliebt habt, oder in denjenigen, den ihr aus ihm machen könntet. Ist es Letzteres, lasst die Finger davon! Simpel, nicht?

So, jetzt ist aber Schluss!

Was?

Ihr wollt noch nicht? Vorher muss ein Happyend für mich her? Ach, das ist ja süss! Aber habt ihr mir denn gar nicht zugelesen? Das IST doch ein Happyend! Ich hasse es nicht mehr, ein Single zu sein. Ich kann alleine einkaufen – somit auch selber bestimmen was ich esse, ich kann die Regeln vom/n Curling auch selber googeln und ins Kino gehe ich alleine. Der Kassenboy ist ja auch da und einsam.

Schlussendlich habe ich doch erkannt, dass das Glücklichsein nicht davon abhängt, ob ich Single bin oder nicht, sondern ob ich es zulasse, auch als Alleinstehende glücklich zu werden. Jeder hat seine missratenen Tage, Dates und Beziehungen. Also ich bleibe ein Single. Aber nur, bis einer kommt und mich entsingelt.

Ehm… naja… manchmal… ich gebe es ja zu… manchmal passiert es, dass ich eine Romantikattacke habe, Torschlussfieber, Kuschelentzug oder einfach Bock auf Knutschen. Meistens habe ich mich dann im Griff – Badewanne, der aktuelle Traum-Mann und bei Bedarf auch Dildi sind griffbereit.

Aaaaber. Kürzlich hatte ich tatsächlich das Gefühl, ich müsse tätig werden; rundherum herrschte emsiges ge-bären, ge-heirate und ge-paare. (Jaja, diese Doppeldeutigkeit ist absichtlich. Tststs!)

Dann schrieb ich einem meiner Exfreunde, dem wir in diesem Buch bereits begegnet sind, eine SMS. Ganz unverfänglich: „Hey, wie geht's? Kennst du mich noch? Was machst du so?" Die Antwort folgte auf dem Fuss: er sei verheiratet und sein Sohn feiere an diesem jenen Tag seinen ersten Geburtstag.
   Ui.

„Himmuheilandgopfertorisiechnonemau[26]!"

Nummer löschen? Jap...

Okay, ich werde alt. Ich bin jetzt schon näher an der 30 als jemals zuvor...! Spass beiseite, ich war ziemlich geschockt. Schliesslich war das MEIN Ex-Freund! Der war also seiner Lebensplanung treu geblieben und seiner Frau anscheinend auch...
Ich wünsche ihnen das Beste überhaupt!

Ich werde alt...! Immer noch...
Jaja, ihr alle auch.
NOCH tickt bei mir die so viel zitierte biologische Uhr nicht, aber da die Schweizer Uhren ja den Ruf haben, oberpünktlich zu sein, habe ich da ein bisschen Bammel davor...
Ehm...naja...nur nicht den Schwarzen Peter an die Wand malen, in die Grube springen oder der Katze im Sack ins Maul schauen...oder wie war das?

---

26   *Ach herrje.*

U i drücke myni Nase platt
As Glas rund um dys Härz
Wie anes Schoufänschter
Wo dr Lade dervo gäng zue het

☙

Ich drücke meine Nase platt
am Glas rund um dein Herz
Wie an ein Schaufenster
Dessen Laden immer geschlossen ist

☙❧

Übrigens; sollte jetzt irgendeiner auf die Idee kommen, mich so toll zu finden, dass er mich kennen lernen möchte, muss ich euch enttäuschen. Ich bin vor lauter Scham nach Oslo geflüchtet. In meinem Dorf sind Paparazzis verboten.

Anmerkung der Redaktion: über den weiteren Verbleib der totgelachten Mikrowelle liegen uns leider keine weiteren Angaben vor. Die Kaffeemaschine hingegen ist bei Redaktionsschluss bereits wieder vergeben.

Danke an alle (un)freiwilligen Testleser und –innen, die mit konstruktiver Kritik, gutem Zureden und unendlicher Geduld dieses Buch im Geiste mitgeschrieben haben!

Da ich ein armes Mäuschen bin (alle im Chor: „ooooh!"), kann ich mir kein Lektorat leisten… natürlich erhebe ich keinerlei Anspruch auf grammatikalische, rechtschreiberische und sonstige Korrektheit…
Diese Geschichten sind aus dem Leben gegriffen; klar, dass sich der Eine oder die Andere wieder erkennen könnte…
ich habe mir die grösstmögliche Mühe gegeben, fair zu bleiben und die Anonymität zu wahren.

☙❧